我可不想到了這個節骨眼才被人扯後腿。」

ILLUSTLATION:RYUTETSU
CHARACTER DESIGN:SOU SANBA

「高牆不是用來相信
或者依賴的。

「少將閣下才是，
起碼知道三角形面積的算法吧？
我這個做師兄的可以親切地指導你喔？」

「你應該掌握了所有

——絕對是○○代呀○○，
○○確認完畢，

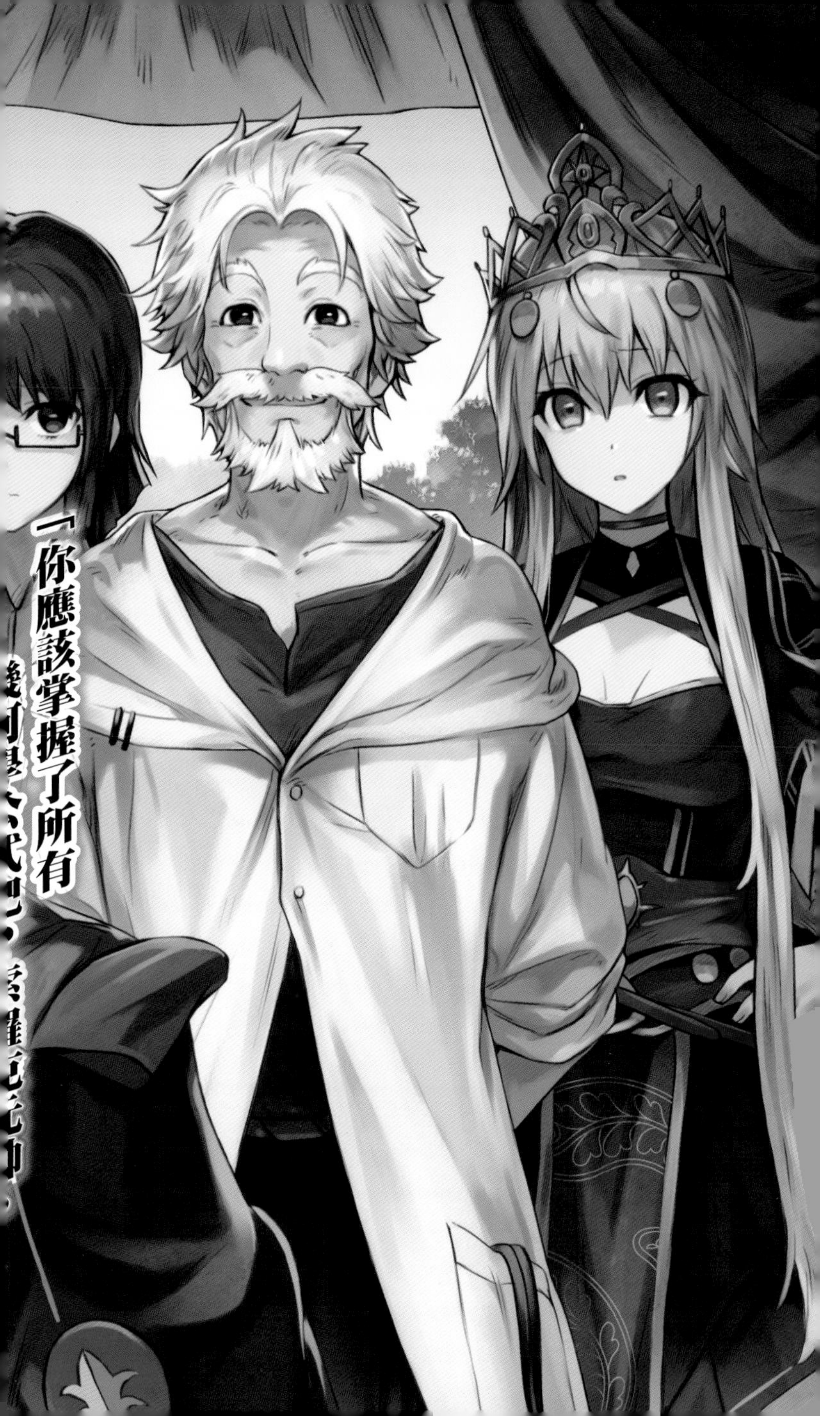

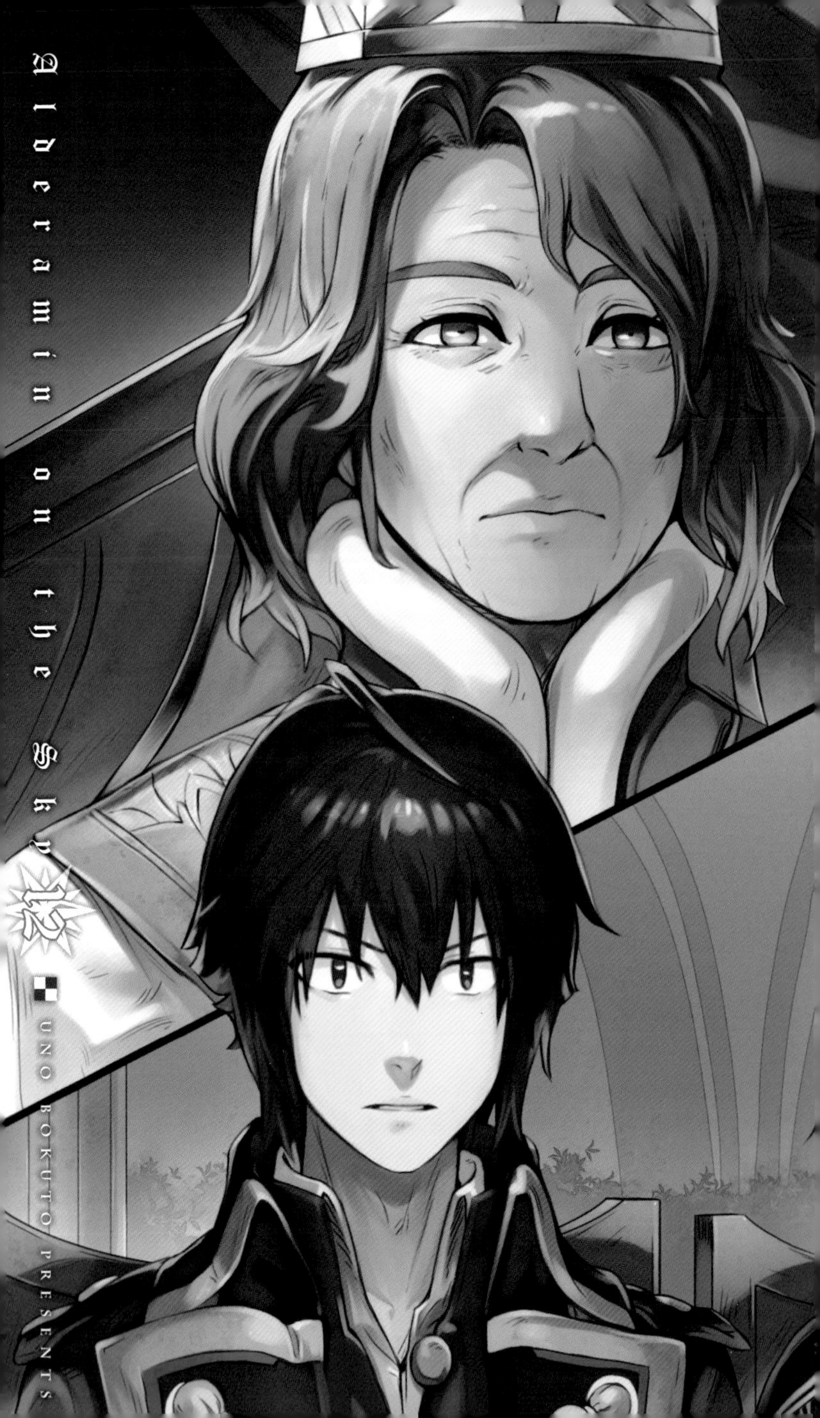
Alderamin on the Sky
12
UNO BOKUTO PRESENTS

發條精靈戰記 天鏡的極北之星 12

Alderamin on the Sky

12

宇野朴人
Illustration 竜徹
角色原案 さんば挿

Kadokawa Fantastic Novels

Alderamin on the Sky

Uno Bokuto Presents

登場人物

卡托瓦納帝國

伊庫塔・索羅克……………………本作的主角，在非自願的情況下成為軍人的怠惰少年。

雅特麗希諾・伊格塞姆……………已故。舊軍閥名家伊格塞姆家的女兒，在軍事政變尾聲，為保護伊庫塔不幸因狙擊身亡。

托爾威・雷米翁……………………舊軍閥名家雷米翁家的么兒。率領狙擊兵尋求新時代的戰爭方式。

馬修・泰德基利奇…………………體型微胖的平凡少年，對才華洋溢的同伴們抱有憧憬。

哈洛瑪・貝凱爾……………………女醫護兵。性情溫和，但擁有另一個人格派特倫希娜。

夏米優・奇朵拉・卡托沃瑪尼尼克……帝國第二十八代皇帝，以暴君面貌施行專制政治。

米爾巴琪耶…………………………阿納萊的弟子之一，受伊庫塔推薦被任命為文官的少女，不懂禮儀，喜歡極端論點。

約爾加・戴姆達利茲………………阿納萊的弟子之一，受伊庫塔推薦被任命為文官的青年，擅長算術。

索爾維納雷斯・伊格塞姆…………帝國陸軍榮譽元帥，雅特麗之父。在新皇登基的同時被剝奪實權。

托里斯奈・伊桑馬…………………帝國宰相。企圖重現神話時代的皇室至上主義者。其瘋狂毫無消退跡象。

齊歐卡共和國

約翰・亞爾奇涅庫斯………………被頌揚為「不眠的輝將」的齊歐卡名將，具備完全不需睡眠的特異體質。

米雅拉・銀…………………………約翰的副官，擁有已滅亡的極東國家「亞波尼克」的血統。

塔茲尼亞特・哈朗…………………齊歐卡陸軍少校，約翰的盟友。身材高大得令人需要抬頭仰望。

阿納萊・卡恩………………………逃亡離開帝國的史上首位科學家，伊庫塔的老師。如今正傳授約翰知識。

阿力歐・卡克雷……………………齊歐卡共和國執政官。深不可測的謀略家。有偏愛重用特殊人才的傾向。

拉・賽亞・阿爾德拉民

亞庫嘉爾帕・薩・杜梅夏…………拉・賽亞・阿爾德拉民神聖軍上將，個性豪爽的男子。

葉娜希・拉普提斯瑪………………拉・賽亞・阿爾德拉民宗主，以教皇身分君臨教團頂點的女性。

多方勢力齊聚一堂商議——說來理所當然，有時是種妥當的做法，有時則否。

如果彼此立場分明又知道對方的盤算，這個選擇並不壞。只要拋出彼此的要求與提案，接受該接受的部分，拒絕能夠拒絕的部分，依照情勢變化決定今後的動向即可。姑且不論結果好壞，彼此的關係都能走向應有的方向。

問題在於並非這樣的情況——在還沒摸清彼此的立場與盤算的狀況下召開會議，經常會陷入令人非常焦急的僵持狀態。彼此都不知道打出手裡哪一張牌才有效，也不知道應該向哪一方陣營揭露或是隱藏什麼情報。如此一來，會議將從頭到尾淪為徒具形式的迂迴互相刺探。

「——暫時先到此為止吧。」

因此，葉娜希．拉普提斯瑪教皇一等眾人見過面後立刻這麼宣言。從安排一段準備期間的意義來看，這個判斷可說是極其妥當——三國會議本就被預期是一場持久戰，在場沒有任何人樂觀地以為，對付那些經驗老道的執政家，能夠在會議頭一天就直指核心。

然而，除了自我介紹之外一句話也不容發言，實在出乎意料——至少對於伊庫塔與夏米優一行人的卡托瓦納陣營來說是如此。

因為他們在前提上認知到，齊歐卡與拉．賽亞．阿爾德拉民之間有著全面或部分的合作關係，兩者大致上可視為同一股勢力。根據這一點來考量，從會議初期開始，他們可以討論的機會要多少有多少。既然現場勢力只有敵我，這幅構圖極為簡單明瞭。

「怎麼，要散會了？我還沒講過癮呢～」

不過到了此刻，不同的可能性發生了。那正是這名老人的登場造成的。

「科學家」阿納萊・卡恩。昔日遭受教團迫害逃離帝國，為了尋找進一步做研究的地方流亡至齊歐卡的老賢者。到這裡為止都沒問題。只要待在標榜以技術立國的齊歐卡，只要他的身分還是一介技術人員，他的存在便不算不合時宜。

然而，此處是拉・賽亞・阿爾德拉民。是基本理念「所有理論的基礎都必須從神出發」本身就與科學家立場衝突的阿爾德拉教總部。再加上，這裡又是各國首腦齊聚一堂的重大外交場合。在這種局面下，找來阿納萊・卡恩登場的行為究竟代表什麼意義？

「…………」

不必多說，是一種挑釁。而且還是很可能導致兩國關係出現重大裂痕的嚴重挑釁……阿力歐・卡克雷這名男子到底抱著什麼念頭而這樣做？查出他的盤算，成為其餘兩國當前的課題。

第一章

Alderamin on the Sky

三國會議

「……該如何看待這個狀況呢？」

在三方勢力各懷鬼胎的外交館內，一返回被分配到的休息室並關緊房門後，夏米優就詢問伊庫塔。黑髮青年坐在床鋪上回答道。

「齊歐卡大概——對拉・賽亞・阿爾德拉民有什麼意見吧。帶阿納萊博士與會，可以視為在表明意見。他們是在締結同盟之際，被迫接受了某些不願接受的條件？……或者是發現了拉・賽亞・阿爾德拉民有更嚴重的背叛徵兆？」

「若是如此，那對我等而言是個好機會嗎……？」

夏米優欲言又止，伊庫塔也抱著相同的想法——他不認為那名執政官會在會議場合上曝露出如此容易發現的破綻。

「拉・賽亞・阿爾德拉民在北域方面戰役時沒有宣戰就攻進大阿拉法特拉山脈，在外交上一度背叛過卡托瓦納帝國。考慮到長年的邦交，這個決定的分量絕不算輕。他們不惜這麼做來確立與齊歐卡的同盟關係，事到如今很難想像會主動去破壞它……只是……」

如此下了結論後，伊庫塔不經意地思考著根本部分。

「從拉・賽亞・阿爾德拉民的角度來思考『戰後』的狀況，我想有許多令人不安的因素。齊歐卡推行技術立國，採取重用科學家的方針，在其發展過程中，過往的阿爾德拉教價值觀有很大一部分將漸漸遭到淘汰。就算不是這樣，等到失去共通的敵人後，剩下兩國中國力較差的一方容易成為新的侵略目標。」

回想著剛剛初次碰面的教皇面容，伊庫塔進一步深入思考。

「考慮到這裡，就會浮現更加根本的疑問——基本上，拉·賽亞·阿爾德拉民為什麼要背叛帝國？」

「……唔。這對我而言也一直是個疑問。」

「我不會說他們與帝國的關係沒有任何問題。回溯過往，也發生過許多摩擦。然而——考慮到維持國家存續，兩國的來往應當對雙方都有益處。卡托瓦納可以透過貼身精靈的存在更加鞏固王權，拉·賽亞·阿爾德拉民則可作為國教的宗教母體，獲得卡托瓦納大量的援助。更何況——雖然這話由我來說感覺怪怪的，帝國國民對於阿爾德拉教的虔誠程度，應該確實比齊歐卡來得高。」

儘管以後會漸漸變得相差無幾。伊庫塔指出自己正在進行的改革表示，繼續分析情報。

「唉～另一方面，帝國滾落通往滅亡的漫長下坡路也是事實，這也可以說成早早看穿這一點的拉普提斯瑪教皇政略眼光十分優異……不過若是如此，我依然想請教她對於『戰後』情勢的構想。不像帝國，齊歐卡政權不需要藉由阿爾德拉教強化權威。面對遲早不再需要自己幫助的對手，她打算用什麼形式來建立今後的關係？——就算撇開外交問題，我也純粹對此很感興趣。」

青年眼中閃爍著對於教皇的好奇心。看到他那副許久沒出現過的模樣，夏米優不高興的撇撇嘴。

「……你不是討厭宗教人士嗎？碰到那位教皇，你看起來倒很愉快。」

「嗯？啊，她的確是一位充滿魅力的女士。我討厭的與其說是宗教人士，不如說是思考的僵化，那位教皇身上並沒有這種感覺。她也有接受幽默調侃的度量，我認為是位相當值得一聊的對象。」

「我想也是。畢竟你都特地引用聖典當成追求的甜言蜜語了。」

當夏米優以淩厲的口氣說道，伊庫塔微笑著開口。

「──『不久之後，他絆到石頭摔倒。他沒辦法馬上撐住身體，胸口重重地撞在地上。憑那只剩皮包骨的雙腿，他不覺得自己還能再爬起來。』」

「──？」

「『但是，他與地面平行的雙眼在此時目睹了偉大的事物。那是一株離他不遠，紮根於乾涸龜裂的荒土上，向著過於碧藍的天空綻放的小花。他很吃驚，佩服地想著，真虧在這個連野草都很少見的地方還有花綻放。』」

青年拄著拐杖從床邊站起身，如吟詠般地述說著走向少女。

「『那株野花小小的花瓣帶著金色，十分美麗。可是仔細一看，它的葉片枯萎、莖部無力。他感到很絕望。一株周遭沒有同伴的落單野花。照這個樣子，究竟能堅持在這裡綻放多久呢？野花終究無法支撐到落下種子的時刻。』」

「……………」

「『察覺這一點時，心中湧現的想法驅使他展開行動。就是那裡。我要到那朵花的旁邊迎接死亡。他在心中決定。』」

夏米優已經察覺青年訴說的內容是什麼，她輕輕閉起眼睛，在眼瞼底下追逐著青年描繪的光景。

「『由於雙腿動彈不得，他匍匐在地上靠雙臂往前爬。那站起來走過去只需短短幾秒鐘的地方，此刻對他來說無比遙遠。

儘管如此，他還是爬了過去。這是他最終的，也是距離最短的一趟長途旅程。旅程從中午開始，在夕陽西斜之際來到終點。

接下來只剩下最後一件工作。他小心翼翼的注意不折斷脆弱的莖，趴在地上用身體包覆住那朵小花。他側眼看著花瓣安心地嘆息一聲，隨即靜靜地嚥了氣。』」

少女眼中浮現一名男子抱著野花倒臥在荒野一角的臨終身影——但伊庫塔繼續往下說，那幕景象還有後續。

「『他的軀體漸漸腐爛，為喪命之處正下方的土壤施了一點肥。那朵彷彿明天即將枯萎的野花從土壤吸收營養，延續了幾天生命。七天之後，雨水灑落滋潤大地。就在此刻，漫長的乾旱時期結束了。野花獲得許多水分結出種子，就此散播出去的種子，在男子的屍體上接連發芽。』」

伊庫塔把拐杖換到左手，右手貼在少女的臉頰上。垂下眼眸的夏米優肩膀顫抖了一下。

「『野花的數量隨著代代繁衍日漸增加，不久之後，這一帶充滿了金色的光輝。那片景色美麗得令路過的旅人們忘記時間，站在原地看呆了。他們將此地命名為黃金之地牢記在心中，在旅途所經之處廣為宣揚——』」

他的話語在此處告一段落。知道故事說完了，夏米優輕輕睜開雙眼。

「……薩利亞記第16章第8節。這是受難者薩利亞臨終時的插曲。」

「嗯。想用花來比喻妳的時候，我腦海中第一個浮現的是這段故事——綻放在荒地上的野花很美。有時甚至美得足以驅使瀕死的人行動。」

夏米優的臉頰微微發燙。用指尖感覺到這一點，黑髮青年露出微笑。

「我認為薩利亞最後目睹到的，是暗藏在眼前綻放的花朵內，那屬於未來的光輝……所以，妳不該待在凍結的時間裡。如果妳再次凍結，我一定會融化那層寒冰。」

伊庫塔直視著對方的雙眼告訴她。雖然說解讀聖典不是我的工作啦，感到難為情的青年，像要掩飾害臊地補上一句。夏米優屏住呼吸。他的一舉一動，全都使少女的胸口瘋狂地抽痛發疼。

就在她忍不住要向他伸出手的瞬間，室內響起含蓄的敲門聲。

「——什麼事？」

伊庫塔立刻確認。文官緊張的回覆聲很快傳來。

「是！恕臣失禮，有事稟報！——齊歐卡的執政官大人希望跟兩位會面！」

夏米優聽到以後臉上掠過一陣緊張。伊庫塔沉吟一聲聳聳肩。

「被他搶先出招了嗎？——看樣子，初期的主導權掌握在對方手中。」

是找對方前來自己的地盤？還是主動造訪對方的地盤？即使選擇從結果來看相差不遠，當事情到了國與國交涉層級，就會具備複雜的含意。

在不清楚對方有何盤算的現狀下，兩者都不想選擇是伊庫塔的真心話。可是——對方似乎也事先顧及這一點，在傳達會面邀請時，打從一開始就拋出提議。

「——還真是個好地點。」

兩人接受執政官的提議，前往正好設置在雙方居住樓房正中央的談話區。那是塊在走廊一角清出的四方形空間，沒有誇張到能稱作密會地點的程度。另一方面，只要一有人接近也能馬上發覺。

「聽你這麼說我就放心了。」

談話區深處的暖爐劈啪作響地燃著爐火。在搖曳的火光映照下，穿著深藍色西裝與長褲的阿力歐・卡克雷和三名護衛一同佇立著。

「難得有機會，就讓我向兩位年輕人傳授在這種場合的一項禮節吧。」

阿力歐用開玩笑的口氣說道，當著兩人的面走向旁邊的牆壁。

「首先，每到初次拜訪之處一定要先敲敲牆壁。」

咚咚，他舉起拳頭敲牆。回音將室內的寂靜襯托得更加鮮明。

「訣竅在於別敲得太大力。敲壞牆壁不算什麼，要是拳頭受傷可就沒意思了。若發現幾處敲打起來回音不一樣的地方，別忘了大聲的朝另一頭打招呼。例如說聲：『辛苦了！真是份苦差事啊！』」

執政官將整面牆敲打過一遍後回到原本站立之處，繼續往下說。

「不過，在這裡似乎沒必要這麼做。因為葉娜已經知道我是這種人了。如果兩位有別的機會活用這個教訓，我會很開心的。」

「我記住了——不過，就算想慰勞人家的工作辛勞，手也很難搆到天花板啊。」

伊庫塔抬頭瞄了高高的天花板一眼。阿力歐聳聳肩頷首。

「你說的對極了。到頭來，想討論比較複雜的事情不是到戶外，就是得用筆談。在此處的談話內容，也必然會自始至終都在拐彎抹角——妳或許會覺得很無聊，夏米優。」

執政官的視線倏然轉向女皇。面對那甚至包含著關愛之情的目光，她表情僵硬地搖頭。

「……這是不必要的關心。我沒有愚蠢到站在你面前還會感到無聊的地步。」

「我很清楚。但是，妳看起來有點太過緊張了。會議還很長，每次跟我碰面神經就那麼緊繃會撐不下去喔？」

阿力歐的言行舉止游刃有餘。伊庫塔在被那股氣氛掌控前再度開口。

「若您知道如何在這種場合表現得悠然自適的訣竅，請務必趁這個機會指導我們，卡克雷閣下。我和夏米優平常就為了缺乏社交經驗而感到苦惱。」

「這是我的榮幸，但我認為你並不需要指導，索羅克元帥。對了——剛才聽到你喊她夏米優，你平常總是這樣稱呼她嗎？」

「沒錯。她是我的家人，這是理所當然的。」

伊庫塔毫不猶豫的回應。聽到那甚至顯得傲慢的回答，執政官高聲大笑。

「呵呵呵呵……！如果你是刻意擺出這麼膽大妄為的態度，事到如今哪有什麼好向我學習的。不過，若是基於這個前提非要給你一句忠告，我覺得你有些活得太只爭朝夕了。希望這是我的錯覺。」

阿力歐略帶關心的說著，在附近的椅子上坐下來後招招手。

「我先入座了。以你的腿疾，站著談話很吃力吧，你們也坐下來啊。」

「恭敬不如從命。」「…………」

伊庫塔與夏米優彼此點個頭。在這種場合，由於先坐下的那一方會變得沒有防備，執政官先行坐下的舉止符合禮節。青年與夏米優並肩坐在椅子上。

「剛才碰面寒暄時，在貴國使節的成員裡有一張有趣的面孔。」

彼此落坐之後，伊庫塔立刻切入核心話題。阿力歐一派當然又沒什麼意義地裝傻回答。

「你是指約翰嗎？沒什麼好隱瞞的，我是他的養父。他打從以前起就是令我自豪的兒子，但眼見他成長到足以隨行參加這種外交場合，真是叫我欣喜。如果你對約翰感興趣，請務必趁這個機會好好暢談一番——」

「很遺憾的是，我每次碰到那張臉，必定是在狀況變得很棘手的時候。就算見到他，我也不覺得有趣，他對我大概也抱著相同的想法。」

伊庫塔打斷對方的話，制止他的惡作劇。阿力歐笑著一拍手掌。

「哈哈哈，肯定沒錯。既然沒帶他過來，我就說出來吧。他提到你的名字時也總是這種態度。

你們倆真像——簡直就像照鏡子一樣。」

伊庫塔得花費一些——不，是相當大的努力，才能讓自己聽到這番話時不皺起眉頭。他無法判斷阿力歐掛在臉上的完美政治家笑容現在是否帶有諷刺之意。這個事實讓他再次切身體認到，這是個難以應付的對手。

當青年刻意什麼也不說的保持沉默，執政官就像堅持不住般露出苦笑。

「失禮了，我並非想搪塞過去——你想問的是我將阿納萊．卡恩博士帶到葉娜面前的事吧。嗯，我自己也覺得這麼做實在很過分。」

「——換成五年前的我，看到那個狀況應該會捧腹大笑，可惜如今我的性格沒那麼坦率了。就讓我單刀直入的請教，您為何要對同盟國做出那種挑釁舉動？」

伊庫塔沒兜圈子直接詢問。執政官沉吟一聲，雙手交疊在膝頭上。

「索羅克元帥，問你一個問題，你認為所謂的同盟會以哪種狀態維持下去？」

「如果是指一般理論而非個別案例——那就是雙方皆可透過同盟各自獲益的狀態。」

「答對了。從那個觀點來看，齊歐卡及拉．賽亞．阿爾德拉民現階段的確可以說有著同盟關係。在與帝國為敵的狀況下。」

不久前才談過內容相同的話題啊。伊庫塔心中一邊想著，一邊察覺阿力歐將話頭停在半途的意圖，接了下一句話。

「……正因為如此，可以說當帝國滅亡的瞬間，結盟的好處就會減弱。標榜技術立國的齊歐卡愈是發展下去，拉・賽亞・阿爾德拉民愈會在思想與技術兩方面漸漸被迫陷入較弱勢的立場。」

青年斬釘截鐵地說。阿力歐滿意地點點頭。

「就是這麼回事。這代表——從長期角度來看，這個同盟關係對於拉・賽亞・阿爾德拉民而言沒有好處。

葉娜很聰明，不可能連這點程度的事情都不明白。儘管如此，她仍舊與我國締結同盟，一路走到現在。這究竟是為什麼？」

伊庫塔毫不遲疑的回答再度拋向自己的問題。

「我想得到兩種可能性。第一種，她打算從今以後超越齊歐卡。」

「這若是事實真叫人悲傷，但的確有可能。只是在這種情況下，拉・賽亞・阿爾德拉民近幾年來的行動有些雜亂無章。因為與其事到如今再背叛齊歐卡，不如從一開始別背叛帝國就行了。」

阿力歐也立刻指出推測的缺失之處。青年聽到之後，說出最有可能的答案。

「……第二種推測，是她手中藏著在跟帝國的戰爭結束後，能維持或足以逆轉和齊歐卡之間勢力關係的王牌。」

沉默籠罩現場。在只有暖爐柴火劈啪作響的寂靜中，執政官靜靜頷首。

「我也這樣懷疑。不，幾乎可以說是篤定。在作為宗教國家的一面，拉・賽亞・阿爾德拉民並非從今天才開始奉行祕密主義，手中當然握有一、兩張王牌，這種程度也還在齊歐卡的容許範圍內。

只是——若王牌的『內容』涉及精靈，事情就另當別論。」

現場氣氛變得沉重。對方比預料中更好溝通——這讓伊庫塔頗為驚訝。他本來估計最快也要花費數天時間，才能討論到這麼核心的階段。

阿力歐迎向青年與女皇的注視，淡淡地深入話題。

「根據這個前提，問題涉及更本質的部分——精靈究竟是什麼？」

「——」

「我是最近才產生這個疑問。過去和其他大眾一樣，精靈對我來說只不過是『這世上理所當然存在之物』。就算思考過活用方法，也沒設想過精靈的起源……在那個自稱是科學家的老人流亡到齊歐卡之後，我的想法產生了變化。」

執政官投向暖爐火光的視線，此時忽然轉回伊庫塔身上。

「你知道『人工精靈假說』嗎？不，你多半比我更加熟悉。」

「……一種認為精靈是人造物的推測。是阿納萊博士提倡的『超古代文明論』的基礎假說。」

「沒錯。我第一次聽到時只是佩服地想『原來還有這種想法？』，但隨著時間過去，漸漸無法置之不理。一方面是因為我的信仰本就不算虔誠，對於把精靈視為天然物的認知產生了本質上的異樣感。」

這也難怪，伊庫塔覺得對方的思考過程十分自然。此人本來就有度量接納流亡的科學家並予以重用，並未無視阿納萊博士的假說事到如今已不值得驚訝。

「光、水、風、火——只有精靈，才會無償地按照需求提供這些人類生活中不可或缺的要素。

無論哪一種家畜，不餵飼料就不會長大；所有的農作物不澆水灌溉就不會結果。這是當然的，明明是這樣，卻只有精靈自行供應一切，對我等沒有任何要求。這個過去一直用一句『這是神的愛』來說明的事實，回顧起來卻散發著令人恐懼的不自然感。」

伊庫塔輕輕點頭。沒錯——將萬物排列在一起加以檢視時，精靈的存在在這個世界裡就顯得太不自然。

「從這個觀點來看，精靈擁有的能力也令人很感興趣。例如玉音放送——很可惜齊歐卡沒有這種東西，但那可以當成目的是向人類社會廣範圍傳遞情報的『宣傳功能』。舉個淺顯的例子，說是屬於報紙那一類產物或許比較簡單易懂。」

「…………」

「基於以上事實，能夠推測出精靈被設計成在政治上具備高度智能。然而，精靈本身並不執政。因此設計他們的並非他們本身。既不是他們也不是我等，遠比這兩者更加高度的智能——拒絕用一句『神』來解釋，探索其真實面貌時，我認為會想到超古代文明這個假說極其自然。」

阿力歐說到此處暫時打住，然後再度開口。

「說歸這麼說，我終究是政治家。關於精靈真面目的浪漫追求，其實我不太感興趣。我無法置之不理的，終究是根據這一點推導出的事實會對現在的狀況造成什麼影響。」

「……那麼，假設精靈的真面目符合阿納萊博士的假說，你認為會對現狀造成什麼樣的影響？」

伊庫塔帶著興趣詢問，執政官流暢的回答。

「假設精靈是人工產物而非由神所創造，那就是器物而非生物，更進一步來說，是一種與人類社會牽連甚深的系統。我們是其使用者，但管理者多半另有其人。」

管理者，伊庫塔在口中呢喃。阿力歐立刻補充道。

「基於這個前提，我就舉出在想像得到的範圍內最危險的例子吧——如果有一天，全世界的精靈同時停止運作，你認為會怎麼樣？」

一股熟悉的寒意竄上伊庫塔的背脊……他以前也想像過這種情形。當時他置身於與如今截然不同的狀況中，和截然不同的對手對峙。青年說出當時想到的情景。

「……人類社會將受到重大打擊。雖然程度有輕重之差，不論帝國或齊歐卡都會在數十年內人口驟減，文明水準倒退回數百年前。」

「我有同感。然後——假使有可能辦到此事的存在，就在這世界上的某處呢？」

我不可能置之不理。從眼神中看出伊庫塔的回答，阿力歐點點頭。

「我懷疑拉·賽亞·阿爾德拉民暗藏的底牌就屬於這一類。至今累積的種種跡象足以令我產生懷疑，你們那邊多半也是如此。」

從前和狐狸的那場交鋒閃過伊庫塔與夏米優腦海。全國所有精靈停止運作——托里斯奈·伊桑馬用來自保的王牌，是他們遲早必須克服的障礙。

「我很擔心這一點，照這樣下去，無法安心的打仗。所以——怎麼樣？你們不認為演員全部到齊的這個時機，正適合揭曉一切嗎？」

阿力歐彷彿看穿了他們所有的心情，泰然地說。真是個難纏的對手——「往下說吧。」伊庫塔在心中抱怨，催促對方繼續說。

同一時間，「不眠的輝將」奉執政官之命拜訪了教皇葉娜希·拉普提斯瑪的休息室。

「我是齊歐卡陸軍少將約翰·亞爾奇涅庫斯，想拜見葉娜陛下。」

由於事先已透過文官表達來意，他獲准入內的流程十分順利。面對來訪的白髮將領，葉娜希教皇嘆了口氣。

「……知道我很難對你發火，就送你過來而不是親自前來嗎？」

「非常抱歉。我代替義父為先前的無禮道歉。」

約翰坦率地低頭致歉。他本身也很清楚，義父是料到這一點才決定了來訪的人選。教皇無法把怒氣宣洩在眼前的青年身上，再次嘆息。

「阿力歐真是個叫人頭疼的人……我大體上察覺了他有什麼目的。可是，為什麼是現在？姑且不論戰爭結束之後，帝國的威脅至今尚在。在他們面前發生摩擦曝露可趁之機，明明對我們雙方同樣不利。」

「卡克雷閣下表示，正因為是現在，才有辦法聯合兩國之力施壓。」

約翰毫不掩飾地說。事到如今，教皇也沒對他所說的內容感到驚訝，從鼻子裡哼了一聲。

「這代表阿力歐此刻正在追求帝國的那兩位嗎？……真是個惡劣的男人。讚美我美麗如昔的花言巧語，明明言猶在耳呢。」

她稍微開了個玩笑，但約翰沒有魯莽到會用幽默來回應。在始終低頭不起的約翰面前，教皇以冰冷的語氣低沉地說。

「……好吧。既然他有此意，我就如他所願同時對付兩國。不過——回去告訴那個蠢才，把瀆神者帶來這個地方得付出很高的代價。」

「遵命！」

約翰依舊低著頭立刻回答。夾在阿力歐·卡克雷與葉娜希·拉普提斯瑪這兩個人之間，就連他也感到心寒膽戰。

「——難怪他們會把阿納萊老爺子帶來這種場合。」

結束與執政官的會面回到休息室後，伊庫塔與夏米優回顧起談話內容。

「齊歐卡……阿力歐·卡克雷是當真打算在這裡揭露拉·賽亞·阿爾德拉民的祕密嗎？」

「他無路可退了。事到如今再說只是在開玩笑，也無法改變他將科學家帶到教皇面前的事實。」

青年邊說邊把拐杖靠在身旁在床邊坐下，沉思著嘆口氣。

「換句話說，剛才那場談話是邀請我們在會議場上聯手戰鬥——傷腦筋的是，目前我方沒有理由拒絕。在想查出拉・賽亞・阿爾德拉民底牌這一點上，帝國與齊歐卡的利害關係一致。」

「聯合兩國之力施加外交壓力嗎……不過，提議召開這次三國會議的人正是拉普提斯瑪教皇。為了與齊歐卡合作而失去與她對談的機會也無妨嗎？」

夏米優輕輕在伊庫塔身旁坐下開口。的確——雖然機會絕不算高，她對拉・賽亞・阿爾德拉民重新締結同盟的期待也並非為零。伊庫塔也考慮到少女的心情回答。

「為了針對這方面進行調整，往後兩天之內必須與教皇會面。而且還得另找時機和阿納萊博士見上一面，雖然很不情願，我還準備跟白毛小白臉交換情報……哎呀，事情變得很棘手了。」

雖然嘴上這麼說，夏米優沒有錯過青年嘴角微微浮現的笑意。阿納萊・卡恩的登場，使他在某方面對於這個情況感到興奮。

她正想開口深入挖掘這一點，房間門口突然傳來敲門聲。

「陛下，約爾加先生回來了。」

「讓他進來。」

夏米優立刻回應露康緹，催促來者入內。配戴單邊眼鏡，臉形細長的青年奉召現身。

「打擾了，兩位——由於外交團的努力，關於細節事務的談判正在順利進行。我將在議論告一段落時報告發展，到時候再請兩位做出最終的決定。」

約爾加立刻開始報告。在伊庫塔他們為了下一次商議進行準備的期間，他們也正針對以領土為首的外交問題，與另外兩國的外交團持續議論。

「這樣嗎。不過，這對你們而言是第一次負責外交任務，有沒有因為不了解情況而感到困擾之處？」

「雖然稱不上毫無瑕疵，至少沒有任何人畏縮不前。原因之一是瓦琪耶帶頭展開辯論，其他文官也被她的衝勁所牽引。還有……」

約爾加欲言又止，彷彿在心中掙扎著該不該往下說。但他隨即下定決心開口。

「……在許多局面中，托里斯奈宰相都發揮了出類拔萃的能力。他憑藉豐富的經驗在轉眼間看穿別國的目的與談判上的陷阱，齊歐卡與拉．賽亞．阿爾德拉民的外交團也對此感到非常棘手。」

在意外的地方聽到狐狸的名字，夏米優皺起眉頭。伊庫塔沉吟一聲，在床邊向後仰頭。

「……我想也是。只要指派他去做正當的外交工作，他就是個超絕群倫的優秀宰相。」

戴單邊眼鏡的青年頷首同意這番話。伊庫塔輕輕轉了轉脖子，說出關於今後的指示。

「繼續讓他在瑣碎的工作忙個不停，別讓他休息。不要給他動多餘歪腦筋的空閒。我們這邊的狀況很棘手，現在可沒空應付他。」

「我明白了。包含監視在內，後續事務請交給我負責——一切包在我身上。我會賭上這一身才智，平安無事地克服難關。」

約爾加恭敬地，應該說是動作誇張地打過招呼後離去。

他作為「阿納萊的弟子」是伊庫塔的師兄，但唯獨那種裝模作樣的獨特脫線之處還是沒變。伊庫塔苦笑著重新轉向夏米優。

「看來暫時沒有後顧之憂，我們就放心的專心處理眼前的課題吧。」

「唔……不過還真意外，沒想到瓦琪耶會在外交現場大展身手。」

「跟友邦會談時千萬不能帶她過去。不過這次不知是幸或不幸，與會的另外兩國都是敵國，不必遵守複雜的外交禮節討對方歡心。要脫下社交面具純粹爭奪國家利益，再也沒有比那傢伙更擅長這種爭論的人選了。」

伊庫塔這麼說著，眼前彷彿清楚地浮現——那位不知膽怯與懼怕為何物的師妹抓住良機高談闊論，弄得另外兩國的外交官們毫無辦法的樣子。這樣安排，同時也是為了避免現場的主導權落入托里斯奈手中。

「但是，我們這邊的爭論大概沒辦法那麼簡單。該趁現在怎麼布局呢——？」

經過約十分鐘的討論決定大致方針後，伊庫塔與夏米優一起走出房間。女皇緊張地想著首先是要去見哪個人，青年的腳步卻不知為何向屋外而去，令她有些錯愕。

「索、索羅克，我們是要去見阿納萊博士吧，為什麼跑到屋外來？」

「正好相反，夏米優。那位老爺子怎麼可能老實地待在屋子裡？」

伊庫塔替少女擋著冷風往前走，在外交館周遭徘徊。不到幾分鐘後，他就發現了那座搭建在建築物旁的大帳篷。

「看吧，他果然在這裡設了據點——我是伊庫塔．索羅克！阿納萊老爺子或是巴靖哥、奈茲納姊在裡頭嗎～！」

帳篷周遭有一些應是護衛的齊歐卡軍官在場，但伊庫塔毫不在乎他們，隔著他們呼喚科學家。軍人們不禁愣住，湧向他的身旁。

「請、請別為難我們，元帥閣下。如果希望會面，請事先聯絡——」

「哈哈哈，誰會那樣做啊。只不過是弟子來探望老師而已。」

青年打從一開始就自知蠻不講理，因此言行舉止都徹頭徹尾的厚顏無恥。正當軍官們不知該如何應對之際，白衣老人掀起帳篷門簾現身。

「喔喔，你來啦，伊庫塔！我正想過去見你呢！外面很冷吧，快進來！」

「阿、阿納萊博士？這樣我們很難辦，要會面請徵得執政官大人的同意……！」

老賢者無視士兵們的阻攔，堂堂正正地走向兩人。從他能這麼行動這一點來看，他們的來訪也在阿力歐．卡克雷的估計內吧，伊庫塔推測。執政官事前安排好，由部下來見證自己不在場時上演的私下交流——青年一邊思考，一邊跟在招手的阿納萊背後走向帳篷。

「打擾了～來，夏米優，妳也進來。」

「唔、嗯……」

夏米優畢竟沒伊庫塔那麼厚臉皮，有些心虛的跟在他背後。帳篷的頂部設有通風口，中央燃燒著火堆，溫暖的空氣與十幾名科學家的笑容迎接兩人。

「哎呀，好久不見！我都聽說了，一陣子沒見面，你居然當上了元帥！這件看起來高高在上的斗篷是怎麼回事，真不適合你！與其穿這種玩意，怎麼不穿白衣呀白衣！」

阿納萊興高采烈地拍拍伊庫塔的肩膀。接著，端來兩杯茶的助手巴靖帶著一臉歉意走了過來。

「抱歉啊伊庫塔，這麼突然你很驚訝吧。可以的話，我們也想通知你，但是當著資助我們的卡克雷閣下面前，實在辦不到……」

伊庫塔聽到師兄這番話笑著點點頭，動作流暢地接過茶喝起來。一旁的夏米優看到後驚訝地瞪大雙眼——在外交館內除了自己人準備的飲料食物之外什麼也不吃的他，在此處完全放下心防。

這裡是他的老巢呢。看著青年放鬆的一舉一動，她心想。這是他從前特別深愛——至今依然深愛不已的白衣智者們的居所。

「我明白，巴靖哥。而且萬一惹執政官不快，無法隨行前來這裡，那可得不償失。倒不如說，多虧你們能過來。拜你們所賜，這場本來只有麻煩事的會議看起來變得有趣幾分了。」

伊庫塔發自內心地說。此時，一名女子走了過來。那是從前跟青年的關係像巴靖一樣親近的科學家之一，奈茲納。

「……好久不見，伊庫塔。」

「奈茲納姊也是，好久不見。看樣子照料博士和巴靖哥還是一樣費力呢。」

「就是老樣子……雖然聽說過，你的腿真的受傷了。」

奈茲納這麼說道，目光望向對方的拐杖與左腿。她咬緊嘴唇，迎面注視著伊庫塔。

「我不會多問任何事，因為無論在這裡說什麼，一切一定都已經太遲了……可是、可是，只有這句話我要說出來。」

她伸出雙臂環住青年背部，用力擁抱他……至今一直沒能這麼做的自己多麼沒用、如今依舊在她心中保持兒時模樣的炎髮少女面容。奈茲納為了自胸中深處湧現的許多感情而顫抖，悄悄開口。

「——對不起，什麼忙也沒幫到。你受苦了，你真的吃了很多苦頭吧……！」

淚珠滴滴答答地落在肩頭。伊庫塔感受到師姊的關懷沁入心脾，露出沉穩的微笑輕輕回抱對方。

「……謝謝妳，奈茲納姊。不過……我沒事。真的已經沒事了。」

回答聲沒帶著哭腔，讓伊庫塔打從心底鬆了口氣。他就此鬆開擁抱，朝夏米優退了一步……趁著情緒還沒在許久未歸的老巢裡進一步失控前，他必須加快談話節奏。

「雖然晚了一點，我來向大家介紹。她是夏米優——我和雅特麗最珍惜的女孩。儘管有著略嫌頑固的一面，她非常溫柔聰慧。大家要跟她好好相處喔。」

「咦、啊——」

青年在介紹時完全省略了她作為皇帝的身分與經歷，令夏米優一時說不出話來。看見她不知道在這裡該用什麼態度應對的困惑模樣，奈茲納擦去眼淚嫣然一笑。

「——多多關照，小夏米優。我叫奈茲納，是伊庫塔的師姊。」

「我叫巴靖，同樣是伊庫塔的師兄。請多關照，小夏米優。」

兩名科學家並肩伸出手。儘管對不習慣的稱呼感到困惑，夏米優依然回握了他們的手，兩人更加說個不停。

「啊，妳肚子餓不餓？等一下，我去拿甜點過來。」

「對呀，我們接受國家委託研究麵包時，不小心迷上做烘焙點心，不知不覺間都達到可以開店的水準了。不介意的話，吃一個吧。」

奈茲納將切好的烘焙點心遞給少女。夏米優不知所措，但看到伊庫塔面帶笑容地點點頭，她戰戰兢兢的把點心放進口中。濕潤柔軟的口感霎時間在口腔內擴散，轉眼便融化開來。意想不到的美味使得少女雙眼圓睜。

將她的反應與初相識時的炎髮少女重疊在一起，伊庫塔再度開口。

「我方聘用了米爾巴琪耶與約爾加，他們倆的工作表現都很出色。看來大家在那邊也受到重用，在不知不覺間，科學家已經打入帝國和齊歐卡內部。這在以前被教團追殺的時候真是想像不到。」

「所以這次換我們主動上門。教皇的那個表情怎麼樣啊！看了很痛快吧！」

阿納萊露出一臉使壞得逞的表情，伊庫塔苦笑著點點頭。

「我很想笑出聲卻得拚命忍住，差點從第一天起就惹得外交對手嚴重反感，你也稍微反省反省。」

伊庫塔開玩笑的說到這裡停頓一會，將在場的全體科學家納入視野。

「好了，反正會議是場持久戰，晚點再敘舊也行。我做個確認——大家來到這裡的目的，是揭露拉．賽亞．阿爾德拉民一直以來隱藏的『精靈的真相』。沒有錯吧？」

科學家們一派當然地點點頭。阿納萊咧嘴一笑補充道。

「說成是來對答案的也沒錯～驗證我提倡的『超古代文明論』正確與否。」

「打算直接攻到那一步？老爺子還是那麼好強。」

感受到老師從童年時代起從未改變過的探求心，伊庫塔非常高興。

「不能和大家一起同樂很遺憾，但我無意不識趣地橫加干預——全力放手去做吧。依照大家的性子，反正肯定準備了各種用來動搖拉．賽亞．阿爾德拉民方面的材料吧？」

全體科學家臉上都浮現強而有力的笑容。他們將帶來的結果多半並不平靜。即使察覺這一點，伊庫塔還是期待不已。

依依不捨的離開老巢大約一小時後，伊庫塔與夏米優按照預定前去拜訪拉普提斯瑪教皇。

「根據到目前為止的發展，教皇陛下希望我們採取什麼態度？」

寒暄過後，伊庫塔的第一句話就這樣問對方。教皇立刻回答。

「當然是希望你們和我一起責怪阿力歐．卡克雷，要他別做出會遭天譴的事來。」

她帶著像是為了問題兒童感到頭疼的教師神情說道。青年聽到以後，刻意地抱起雙臂。

「該怎麼決定真叫人苦惱。不管是制裁齊歐卡，或是貴國與齊歐卡的關係在制裁過程中惡化，對我們而言都有利可圖。」

「你說錯了，是根本不需苦惱才對吧？……不過，你們不會錯過吧。這對你們來說是天賜良機。」

教皇嘆了口氣。伊庫塔觀察著對方的表情，同時繼續說道。

「這麼說聽起來很像藉口——但比起貴國與齊歐卡之間關係惡化，我們更純粹地想得知你們的盤算。我們想知道貴國期望什麼、厭惡什麼。畢竟我方曾一度遭遇背叛。」

他說到最後話中帶刺。沉默一會之後，教皇哀傷地垂下眼眸。

「……對了，當時你在最前線戰鬥過，就算對我有所怨言也無可奈何。但是……」

以這句話為誘因，大阿拉法特拉山脈冰冷乾燥的空氣觸感在伊庫塔腦海中復甦——讓他回憶起那些離世人們的面容……同排的戰友尼尼卡伍長和西席迪中士。在危急場面救過他兩次的丁昆准尉。和他同樣信奉科學，他稱作師妹的嘉娜·特馬里一等兵——

「……是啊。在以為戰爭好不容易打完的時機冒出更多敵軍可真難熬，真希望貴國至少發出宣戰布告。」

伊庫塔用掩蓋了所有情緒，徹底處於控制下的聲調說出最低限度的抗議。他做出在外交場合上正確的行動，反倒令教皇的表情蒙上更心痛的陰影。

「……伊庫塔·索羅克。真虧你能夠在我和阿力歐面前表現得如此從容。」

「……？恕我失禮，請問您的意思是？」

「我是想說，你可以流露更多憤怒。你屬於人生被國家的意圖全盤打亂的那一方……將這些情緒全部藏在心中來處理外交事務，對於你的年齡來說有些嚴酷了，看得讓人難過。」

教皇說著垂下眼眸。沒料到她竟會說出這種話，伊庫塔一瞬間猶豫著該怎麼回答。不過，他最終直接說出了真心話。

「我擁有遠比怨恨更重要的事物。打從以前起就一直擁有。只是這樣罷了。」

他的口氣非常平靜。夏米優無法再忍受自己僅僅沉默地聽著，做個深呼吸後開口。

「……雖然口才比不上索羅克，外交本是我應當負責的領域。我有一事相詢，拉普提斯瑪陛下。」

「好。請儘管問，夏米優陛下。」

教皇投向青年的眼神轉向女皇。面對那股風采，少女不服輸地挺直背脊發言。

「只是個傀儡的先帝已死，那些寄生在國家上無所作為的佞臣也全數被我肅清。最後剩下的老狐狸，我也保證將在不久之後拿下他的頭顱——您先前放棄的帝國，和我等現在經營的帝國……」

「…………」

「其餘的話我就不往下說了。但是——若您想談談，我做好了接受的準備。」

她擺出接納的意向，同時堅持不落於下風，用態度表明「該賠罪的是你們」。無論在任何人眼中，那都是符合一國之君標準的舉止——教皇承認這一點，靜靜地閉上雙眼。

「……夏米優陛下，妳的為人正可說是超出預期。不——甚至是出乎意料。依照我等十年前的預測，帝國政體在現階段已經崩潰，好一點也是全面軍事政權化。」

女皇心中也不得不承認，這個預測十分合理。對於夏米優而言——不，無論對任何人而言，當前的現狀都是不可能透過預測揣摩出的未來。

「本來極度腐敗的皇室，在生死存亡之際出現了罕見的賢帝……不，正因為面臨這種狀況，才有賢帝的出現嗎？活了這麼一大把年紀，我還是不了解歷史。」

教皇玩味地如此呢喃後，輕輕睜開眼睛。目光筆直地投向夏米優，她毅然地宣言。

「然而，現在要倒轉指針已經太遲了——拉．賽亞．阿爾德拉民也不尋求與貴國重新結盟。」

「————！」

衝擊貫穿女皇胸口。她絕非沒料到這個回答，倒不如說她想過會這樣的可能性超過一半。可是預測化為現實，對她來說並不輕鬆。以後只能繼續同時與兩國敵對了嗎——就在認知正要確立時，伊庫塔的手輕輕放上她的肩頭。

「冷靜點，夏米優……您剛才的說法有誤吧，拉普提斯瑪陛下。不是不尋求和帝國重新結盟，而是無法這麼做。」

教皇沉默不語。伊庫塔在她眼前繼續說明道。

「如果現在背叛齊歐卡與帝國再次結盟，齊歐卡將在三國會議結束的同時毫不猶豫地侵略拉．賽亞．阿爾德拉民。單靠一國的防禦力不足以擋下侵略大軍，需要帝國迅速派出援軍……但老實說，現在帝國沒有這種餘力。」

伊庫塔說到此處打住，直盯著對方。在長長的沉默過後，教皇頷首。

「一方面是出於這個原因，要說得嚴厲些，我等也無法忽視帝國現階段的重振僅限於一時的可能性……如兩位所知道的，我等曾一度背棄與帝國的盟約，要再做出第二次就變得更加困難，你們也能理解吧。」

夏米優想不出該怎麼回答，猛然咬緊牙關。教皇滿意地望著她的模樣，放緩語氣說道。

「讓妳失望了嗎？不過，我只有一句話想說——拉．賽亞．阿爾德拉民同等地希望帝國人民與齊歐卡的人民都過得幸福。無論過去還是現在，唯獨這一點絕不改變。」

她接著拋出一句聽得很順耳卻帶來空虛感，說得好聽點也只能當作宗教國家場面話的台詞。伊庫塔毫不猶豫地攻擊對方自願暴露的破綻。

「……那關於貴國授予托里斯奈．伊桑馬大司教神官職一事呢？」

教皇的微笑霎時間失去溫度。她露出與剛才有所區隔的為政者面貌，回答那個問題。

「——假使有一棟房子被白蟻侵蝕得搖搖欲墜，我等被看門狗阻攔著無法直接出手，房屋已到達難以修繕的階段。那麼……餵食白蟻提供助力，也是一種解決之道。」

「不講場面話了？就算在戰略上有道理，這種做法有損阿爾德拉教的品格喔。」

「要談品格，在帝國的阿爾德拉教品格早已一落千丈。夏米優陛下——在妳下令斬首的人裡，也包含許多高階神官吧。」

接到話頭的夏米優猛然皺起眉頭。如同教皇指出的，在這幾年間被她處決掉的串通腐敗貴族貪圖私利的神官人數多得數不清。因此在這裡遭到責難的發展在意料之內，但教皇的語氣並非如此。

「一方面是和貴族勾結之故，阿爾德拉教團帝國分部從許久以前開始，素質就愈來愈低落了。在賄賂與貪污橫行的環境中還能貫徹清貧的人並不多……打從一開始就已徒具形式的地位，給了那個狐狸也沒什麼好可惜的。可以說是形式不同的斷絕關係宣告。」

教皇談論企圖的語氣之冷酷，聽得女皇屏住呼吸。視必要情況而定割捨同胞的無情。這名教皇的確也具備這種所有為政者都需有的資質。

「……您打算之後剝奪托里斯奈·伊桑馬的大司教神官職嗎？」

「很遺憾，暫時並無此意。為了面對武力遠遠凌駕我等的帝國，那是我所準備的挑撥工具與保險。雖然布置時的期待和現在不同，但是還未失去意義。我無法輕易地去除它，特別是我國與齊歐卡之間的信賴關係現在遠遠稱不上堅若磐石。」

教皇坦然地表明。我也應該抱持同樣的冷酷來與她對峙的，夏米優痛切地了解到——然而，她口中迸出無從壓抑的苦悶。

「原來如此，您是這樣盤算的。不過——我絕不會忘記在關鍵時刻未能除掉狐狸，因此而喪失的事物有多麼重要。」

唯獨這件事，她不可能像伊庫塔一樣隱藏情緒展開對話。就連與夏米優相對的教皇也不例外，臉上同樣浮現悔意。

「……關於那一點可以說是我的失算。就像先前提到的，帝國能在近幾年重振旗鼓到這種程度出乎意料。如果事先知道妳的能力，預料妳會登基，我無法否定採取其他手段的可能性……妳希望我道歉嗎？」

對方展現只要她希望就會致歉的態度。看出教皇的意思，可是——夏米優本身神情空虛地搖搖頭。

「不，我不要求道歉……聽到這番話，使我確信一切都是自身能力不足造成的結果。」

她邊回答邊想——如果自己能夠更早登基，在軍事政變前就成為優秀的君主，就不會發生那種事。伊庫塔以強硬的語氣開口，反對她用起來如呼吸般輕鬆的自我懲罰推論反駁道：

「不是那樣的，夏米優，那個推論明顯是錯的，因為同樣適用這種說法的人多得是，就是當時比妳年長、應該能夠比妳更深入涉及國家未來的那些人，當然其中也包括我——無論在任何人眼中，這些人的罪都比妳更重。」

伊庫塔直視著少女的眼睛斷然地說，然後重新轉向愣住的教皇。

「……恕我失禮，打斷了談話。不過，如果這孩子又以奇怪的標準責怪自己，無論在談什麼事情我都會做出同樣的行動，即使在關係到國家命運的會議途中也一樣。那對我而言是最優先該做的事。」

伊庫塔毫無顧忌地宣言他隨時都把關懷少女放在第一位，聽得夏米優面紅耳赤。教皇來回看看兩人，輕聲微笑。

「……無妨。阿爾德拉教的教義，也認為因時制宜的講經是理想做法……真叫人懷念。從前我也經常向來到神殿的孩子們傳授經典。」

教皇目光放遠注視著窗外的天空，接著又轉回兩人身上說道。

「我知道了一件事。不光是保護、溺愛或疼愛——你在養育夏米優殿下吧，索羅克元帥。」

隔天上午十點過後，有所覺悟的教皇和科學家之間的戰爭終於展開第一幕。

「……看你們搬了一堆東西進來，到底是打算做什麼？『瀆神者』阿納萊·卡恩。」

葉娜希·拉普提斯瑪前所未有的凌厲聲調響起。會議場地和碰面寒暄時一樣在主議場，但參加者沒有當時多。帝國方人員為伊庫塔和夏米優，齊歐卡方為阿力歐、約翰以及阿納萊一行人，拉·賽亞·阿爾德拉民則是教皇本人和亞庫嘉爾帕上將——總計十餘人。三國的外交團正在一段距離外的不同房間繼續談判其他事務。

「當然是來找神吵架嘍。就像你們給我取的綽號一樣。」

這樣安排的理由，顯然是這名老賢者的存在。因為從阿爾德拉教的立場來看，目前的狀況本身就無法容忍。讓瀆神者站在主神腳邊，甚至還讓他和最高階神官教皇直接交談。

「……原來如此。你們得到齊歐卡的援助就囂張起來，把三國會議當成良機找我發洩私怨，是這麼回事沒錯吧。」

「我不會說沒有報復意圖，但沒辦法把時間全花費在那種無聊事上。我們是為了科學而來！」

早早結束無意義的互相諷刺，阿納萊拋出第一個問題。

「倒不如說，我們反而想問。吶——葉娜希．拉普提斯瑪教皇。你們為何這麼厭惡科學？」

「我不認為事到如今有說明的必要。」

「有必要啊……現在的弟子們沒人知道了，但我還記得這場爭執的開端。記得異端審判官首度敲響研究所門扉那一天的事。」

手放在中央圓桌上，老賢者回顧一幕幕遙遠的光景，繼續說道。

「那是在我才三十五、六歲的時候。我收的弟子人數遠比現在少得多，在帝國西域設了一個據點過著研究生活。當時不像現在有人出資，我靠著教周遭居民讀寫與計算維持生計。」

「…………」

「那時候，我和當地神官們關係維持得不錯，還跟談得來的幾個人成了茶友。如果能就此平靜地繼續研究，我們的現狀也會跟如今大不相同。然而……那沒有成真。教團派來視察的神官提交的報告，使我們被烙上異端的烙印。」

阿納萊握緊拳頭，表露了相隔數十年的憤怒。

「坦白說，我是真心搞不懂。什麼異端不異端的，我們根本不是宗教團體。當時的實情硬要說的話算是開私塾，教導民眾知識時，我不太會觸及屬於阿爾德拉神學領域的倫理、道德部分。我可無意自找煩惱。

要是你們說追求科學理念本身涉及否定阿爾德拉教，我的確無法否認。但就算這麼說，當時的我們只不過是小規模的私塾。那種程度的團體即使想法稍微偏離戒律，跳過宗教判決當場認定成異端，不得不說反應過度了。」

「…………」

「話說，阿爾德拉教以前應該不是對異端這麼嚴苛的宗教。從長年默許席納克族保有精靈信仰這一點也看得出來，也可以參考過去的異端審判相關案例作為根據。散播末世思想的加諾提歐派、訓練武裝信徒企圖竊國的特爾庫涅比亞派——這兩個組織稱得上是異端的代表，都是曾有上萬信徒的阿爾德拉非公認宗派。其他案例也大同小異，我們是唯一被認定為異端的小規模集團。考慮到這些歷史——阿爾德拉教的異端認定，應該是針對那些規模可能威脅國家的集團的處置。」

阿納萊按部就班地說明了他們所受待遇的異常，進一步補充依據。

「還有，認定為『瀆神者』——那在歷史上也是獨一無二的，只有我一個人被貼上的負面稱號。可以換個說法……那是令人不能與精靈簽訂契約的詛咒。」

伊庫塔點點頭。沒錯——這正是對瀆神者降下的神罰。所有精靈都不會與阿納萊·卡恩締結契約，所有精靈都不會直接幫助阿納萊·卡恩。記載在聖典上如同寓言般的遭遇，是無庸置疑的現實。

「給予我們這些特殊處置的理由，也是我長年未解的謎團之一……而且，這多半與其他謎團並非毫無關聯。妳說是吧，教皇。」

老賢者雙眼狠狠瞪著對方。教皇冷淡地搖搖頭。

「理由不言而喻——你們的存在不合主神的心，僅是如此罷了。一切都如同聖典的記載。」

「原來如此，主神的心嗎？那麼主神是誰？」

阿納萊馬上反問。語氣裡散發的危險氣息，令教皇猛然皺起眉頭。

「剛才的回答和同義反覆差不了多少。妳認為此處能容許那種拙劣的隱瞞嗎？教皇。我想知道的是聖典上沒記載的事實——不，是被聖典所掩藏的真相！」

當阿納萊發出宣告，在他背後待命的科學家們全體站起身。望著他們準備資料要展開辯論陣勢的樣子，教皇極度不悅的目光投向一名聽眾。

「……你堅持要我做這種苦差事嗎，阿力歐？」

被她一問，執政官聳聳肩。

「這是妳決定的，葉娜。只是——要說真心話，我想多聽聽妳的聲音。愈久愈好，愈深入愈好。」

面對他忽然變得蠻不講理的態度，教皇瞪了一眼以眼神譴責阿力歐的不道德。然而，她的瞪視很快被眼前的宿敵打斷。

「接下來才要進入正題。首先——我確定精靈是人造物。」

當阿納萊終於切入這一點，被勾起興趣的伊庫塔和夏米優向前探出身子。教皇不怎麼吃驚地用鼻子哼了一聲。

「……是的，我聽說過你們產生了那種褻瀆的妄想。在你們過去放棄的研究所裡，甚至發現了企圖親手製造精靈的痕跡。每一件事都是無法饒恕的蠻行，但就讓我問一問——你們的那什麼研究有成果嗎？」

教皇冷冷地發問，阿納萊搖頭以對。

「如果妳是問我們是否親手重現了精靈，回答很遺憾的是沒有。製造出那個的存在，和我們的技術水準相差太遠。製造火的機制、製造水的機制、製造風的機制、製造光的機制——儘管建立了模糊的推測，我們未能完全分析任何一個機制。」

「人類的淺薄知識不可能達成神的偉業，這是當然的結果。」

「妳結論下得太早了，教皇。我們的確沒辦法自力製造精靈，但是在嘗試過程中得到了無數的線索。

我們認為精靈是人造物的依據——首先，所有精靈都是依統一規格製作而成。從身高算起，精靈們的尺寸全像一個模子刻出來似的沒有一公厘的差異。妳可明白這是何等異常？」

「不明白。神的偉業超越人類的理解範圍，只是如此罷了。」

「不，正好相反——你們阿爾德拉教徒聲稱，世上萬物從一根草乃至人類全都是神的創造物吧。按照這個論點，那傢伙有作為創造主的明顯特徵，也就是設計大而化之。神創造我們的形體時沒有統一標準。如同妳知道的，在河灘上撿顆小石子也不會有形狀一模一樣的。」

在老賢者背後待命的巴靖與奈茲納搬來事先準備好的大片黑石板。等他們把上面畫著圖形和插畫來表達主旨的石板放上圓桌，阿納萊繼續發言。

「相對的，日常生活中也有製造尺寸、形狀都分毫不差完全相同產品的地方，那就是鑄造。由於反覆在同一個鑄模內注入原料製作，成品的形狀沒有自然產物的誤差。

鑄造技術本身的發明可追溯至一千餘年前。在那之前所用的技術是鍛造——用敲打延展金屬，一點一點做出形狀的工藝。這不僅非常麻煩，成品還會大幅受到工匠技術水準的影響。就和神的偉業一樣。我們人類也有外貌的美醜之分吧？」

「不，外貌沒有美醜之分，一切都有著意義。不可把人類的拙劣手藝與神的偉業相提並論。」

「意義嗎？我認為那是我們最終應該發現的事物，而非從一開始就被賦予的事物。算了，回到正題——為了克服鍛造伴隨的麻煩過程與成品參差不齊的問題，應運而生的技術就是鑄造。只要一開始做好鑄模，以後無論誰都可以注入原料做出同樣的成品。只要供應原料，『大量生產相同成品』也可以實現了。生產的效率化和安定化——雖然每個國家都還在朝這個目標邁進，這可以說這是促使人類社會發展不可欠缺之事。」

說到此處暫時打住，阿納萊用拳頭敲了敲黑石板。

「妳應該明白了吧。鑄造、統一規格——這些都是配合人類需求誕生的人工技術，沒有任何超越人類智慧之處。倒不如說象徵了人類的生活，與在自然產物上看得到的神的大而化之風格形成對比。」

「…………」

「根據上述理由，我們認為在精靈的設計上看得出人為手筆。說得更訴諸感覺一點——比較『人類』和『精靈』之際，我感覺前者是自然產物，後者是人造物。妳有何看法，教皇？」

說完要說的話，阿納萊讓對方發言。教皇嘆息一聲搖搖頭。

「……這甚至不能成為爭論的起因。既然是人類獲得的技術，創造人的神當然打從一開始就擁有了。在精靈被創造時，神用了不同於創造我們時的方法。這到底有什麼好不可思議的？」

「那我問妳——神創造我們時沒有統一標準，創造精靈時這麼做。其中有什麼意圖？」

「我無法揣測神的思維。我等僅僅信賴著那偉大的意志。」

教皇拒絕了所有追問。阿納萊聽完之後，白衣下的肩膀一陣顫抖。

「……又是這番說辭嗎。神萬能且不可侵犯，因此不許詢問祂的意圖——明明是聽膩了的陳腔濫調，但每次聽到都讓我怒火中燒。在世上為數眾多的詭辯中，這是最該感到羞愧的一種。」

聲調中蘊含的憤怒愈來愈熾烈，終於化為彈劾自科學家口中迸出。

「你們究竟打算讓神默不吭聲到什麼時候！應當萬能的神無法給予緘默以外的回答，你們為何沒發現這情況本身就在重創神的名譽！什麼也回答不了的神已經不是神了！這種東西只是阻礙人類思考的一堵舊牆！」

與神搏鬥了超過半個世紀之人的吶喊在會場內迴響。聽眾們屏住呼吸在旁關注，老賢者轉而以低沉的聲調說道。

「高牆不是用來相信或者依賴的。而是要跨越或是打破的事物。所以——我們就這樣做了。」

收到阿納萊的眼神示意，科學家們搬來一個大小約為三人合抱的包裹。放在圓桌上解開外面層層的布，包裹裡是一種帶著不可思議光澤的物體，其外觀形狀並不整齊，給人一種是從更大塊物體上掉落的碎塊的印象。

「妳認為這是什麼？教皇。」

「……我不知道。看起來像是某種碎片，但我不記得曾看過類似的東西。」

教皇誠實地回答。阿納萊從鼻子裡哼了一聲。

「當然沒看過了。有看過才傷腦筋——這是『神殿』外牆的碎片。」

這一句話令會場的氣氛當場凍結。夏米優凝視著那塊關鍵的碎片，顫抖地喃喃低語。

「難道說——你們打碎了那個？」

老賢者表明，他破壞了在漫長的歷史中，無論遭到任何人動用什麼暴力手段都不曾碎裂的「神殿」外牆。教皇的表情乍看之下沒有變化，但伊庫塔看出她內心的動搖。隔了好半晌，她擠出聲音。

「……胡說八道。」

「既然這麼想，妳可以親手摸摸看，妳會明顯發現它具有和既存的任何物質都不同的質感。乾脆拿鐵鎚來砸也無妨喔？目睹砸了以後也毫髮無傷的結果，就算是你們也只能接受現實了吧。」

「…………！」

「現在還只是打碎牆壁的一部分帶回來，不過，我們在不遠的將來就會抵達牆壁內部。在那裡會看到什麼東西，我大致想像得到。」

阿納萊閉上雙眼彷彿在想像尚未目睹的景象，清晰嘹亮地說。

「是四大精靈的製造工廠。使用遠比我們更加進步的技術設計、建造的生產設施——我們總有一天必會趕上的超古代文明技術結晶！」

他放聲大喊，猛然睜大眼睛。至今都在一旁觀望的亞庫嘉爾帕上將無法再忍耐瀆神者的粗暴，不禁大吼出聲：

「混帳東西！你到底想褻瀆神到什麼地步！」

「那還用說！直到你們教團停止強制管控人類的腦袋為止！」

阿納萊絲毫不肯退讓地還擊，眼中閃爍著堅定不移的意志。

在超過一小時的激烈爭辯後，在看出雙方需要休息的伊庫塔提案下，當天的爭論暫告一段落。

「……阿納萊博士好慷慨激昂啊。」

「嗯。我們認識很久了，但我第一次看見他態度如此激進。」

在會場外的走廊上等待阿納萊時，伊庫塔和夏米優彼此談起到目前為止的感想。雖然對科學家們拿出「神殿」外牆碎片一事非常驚訝，另一方面，女皇難以釋懷地抱起雙臂。

「可是——說到底，那個質問有意義嗎？再怎麼逼問教皇，只要她決定保持沉默就無可奈何了。我認為『發問』這個行為，得在對方有意回答時才具有意義。」

回想教皇始終沉默寡言的模樣，她不禁浮現這種想法。伊庫塔半是同意這番話，小聲地做個補充。

「的確，不知道教皇能不能回答些什麼……不過更重要的是，阿納萊老爺子一定是在勸說對方。」

「勸說對方？教皇嗎？」

「當然是教皇。還有——在她背後的某個人。」

伊庫塔越過天花板瞄了天空一眼。一股莫名所以的寒意竄過夏米優的背脊——那名老賢者的雙眼看見了什麼？他在勸說「什麼」？

「——呼！像這樣從頭到尾不停說話，喉嚨渴得要命！」

此時——說人人到，當事者正好離開了會議場。伊庫塔眼神一亮，走向老師。

「「您辛苦了，阿納萊博士。」」

兩句問候出乎意料地異口同聲響起。另一句話來自於站在老賢者另一側的白髮將領。

「……嗯？」「……嗯嗯？」

兩人目光交會，彼此的臉上立刻露出敵意。被夾在兩人中間的阿納萊博士高興地揚聲喊道。

「喔喔，伊庫塔和約翰！我們的辯論陣勢怎麼樣，很值得一聽吧！」

「說得客氣點，內容極具刺激性……姑且不提這些，喂，白毛小白臉帥哥你跑來幹嘛？快回執政官閣下那邊去！」

「這是我要說的台詞，伊庫塔·索羅克。阿納萊博士是我們陣營的成員。我才是一點也搞不懂你待在這裡的意義喔？」

兩人互相咒罵著你推我擠。看著他們的樣子，阿納萊面露驚訝之色。

「怎麼，你們已經認識了？那就省下介紹新同伴的功夫嘍。」

「「……新同伴！？」」

他們再度異口同聲地喊。老賢者笑著頷首。

「哈哈哈——正是如此，現在你們倆都是我的弟子。儘管國家不同，都是一起探求科學的同胞！」

阿納萊說著大力拍拍兩人的背。茫然地呆站在原地許久後，兩人幾乎同時回神。

「……我明白狀況了。你收了這傢伙當弟子了啊，原來如此。」

「博士！為什麼你至今都瞞著這件事沒說……！」

「？不，我沒有隱瞞啊。以前不是稍微提過，我在帝國也有一大群有趣的弟子嗎？雖然或許沒把名字都說出來。」

這隨便的解釋令約翰抱住頭。直盯著他的反應，伊庫塔好像想到什麼似的，壞心眼地勾起嘴角。

「……儘管並不情願，算了，現在重點不在這裡。」

黑髮青年邊說邊站到白髮將領身旁，拍了拍一臉狐疑的對方的肩膀，露出最燦爛的笑容告訴他。

「總而言之，現在所知的事實中只有一個關鍵——你是我的師弟。就是這麼回事吧，白毛小白臉。」

「Hazgaze（開什麼玩笑）！」

約翰反射性地脫口喊出帕猶希耶語。儘管被突然的大喊弄得耳鳴，伊庫塔還是堅持擺出愉悅的態度。

「嗯嗯～？喂喂，這是對待師兄的態度嗎～？」

「我怎麼可能對你抱著哪怕一丁點的敬意！」

「沒有也要表現——嗚喔？」

伊庫塔還要進一步挑釁，被約翰衝動地踢飛拐杖。險些摔倒的伊庫塔靠著骨氣重新站穩，額頭上冒著冷汗地向他大喊。

「……！你這傢伙！踢我的拐杖？這完全引發了外交問題吧！」

「啊，不好意思，下次我會對著你的臉踢！那個位置很難踢中，彎個腰吧！」

兩人你一言我一語地叫罵著，自制兩字已從腦海中徹底消失。對罵迅速發展為抱成一團扭打，此時雙方的護衛總算驚覺出手制止。

「約——約翰？冷靜一點！這裡是會議場合！」

「索羅克閣下！說來僭越，下官也不認為應該在這裡爭執！」

米雅拉和露康緹分別按住兩人，伊庫塔和約翰彼此咒罵著被拉開來。同一時刻，聽見騷動聲的外交館神官趕到現場。

「怎、怎麼了？究竟發生了什麼事——？」

「……前所未見。前所未見啊，索羅克。」

「……抱歉。」

大約十分鐘後，被半強制性帶回房的伊庫塔聽命正座在床上，接受夏米優的訓斥。

「統率一國軍隊的元帥，在三國會議現場和敵國少將……真虧你們能因為那種無聊理由打成一團，無聊到我都忘了要阻止。不幸中的大幸，對方大概不會積極擴大那種低俗的爭執造成問題……」

少女這麼說著，光是回憶起來就感到肩膀脫力。在她目光所及之處，伊庫塔抱起雙臂沉吟道。

「……我自己也嚇了一跳。我得到了能全力取笑那傢伙的材料。當這個念頭浮現的瞬間，想法就全部脫口而出……」

「你究竟是看約翰．亞爾奇涅庫斯少將多不順眼？我知道你們因緣匪淺，但那麼做未免太過火了。」

「哎呀，說得對極了……要是他的臉長得醜一點的話……啊啊～討厭，不想再看到那張帥氣臉蛋了。」

青年無精打采地趴在床鋪上。看到他的樣子，夏米優不高興地噘起嘴。

「……從相遇時開始，你一有機會就詛咒長得俊美的男子。每次聽到這些，讓我一直想著你究竟在說什麼啊。」

「？」

「我連一次也不曾覺得你的相貌有任何地方比別人遜色。不光是約翰．亞爾奇涅庫斯——和其他任何人相比，我也最喜歡你的長相。這不是理所當然的嗎？我在後宮望著不會說話的你足足兩年，依然沒感到一絲厭倦。」

少女順著湧現的衝動像連珠炮似的地說著。她說完後回顧自己的發言，立刻感到全身發燙。

「……——？不、不，剛才那些話——？」

伊庫塔迅速起身抓住她的手，什麼也不說地輕輕環抱少女的背，像對待小狗一樣摸摸她的頭。

「嗯，真叫人害羞。從頭到尾都一臉認真的這麼說威力好大啊。雖然不應該用擁抱來逃避，唯獨這回就饒了我吧。」

「……啊……嗚……」

「回到原先的話題……先不提我和那傢伙的因緣，在外交禮儀上必須盡快處理剛才那件事，得向外界表明『我們沒在吵架了』才行。對方肯定也抱著同樣的念頭，為了表達對於先開頭挑釁的歉意，就由我方來設宴款待他們吧。」

伊庫塔一口氣說到這裡，以溫柔的語氣補充。

「然後，我要回敬妳一件事……關於剛剛妳說的話，每當妳貶低自己時，我也總是會有相同的心情。若妳能記住這一點，我會很高興的。」

一聽到這句話，本來就臉紅的夏米優臉蛋更是紅得像顆熟透的番茄。伊庫塔就這麼依偎陪伴著她，直到恢復她冷靜為止。

同一時間，教皇回到自己的休息室，在一星旗的紋飾前無力地跪下。

「……神啊，我該如何是好……？」

她不再掩飾，臉上清晰地浮現痛苦掙扎之色。她很苦惱。這是位居阿爾德拉教團頂點的教皇的宿命——抱著無法向任何人揭曉的問題，她拚命忍耐著不讓雙膝被那股重壓壓垮。

「……請引領、我等。請照亮我等前進的道路……」

她雙手捧起搭檔精靈，與精靈四目相對，彷彿要透過那裡看著神的存在。

「……神啊……」

即使等待也沒得到回答，精靈清澈的雙眸，僅僅殘酷地映出她憔悴的容顏。

由於隔天一大清早葉娜希教皇就發出「停會一天」的通知，讓準備萬全甚至做了早操的阿納萊徹底撲了空。然而，教皇在這個時機要求有時間思考，代表老賢者的追問並非徒勞無功。

「嗯，難得空出一天嘛。」

伊庫塔接到通知後喃喃說著，召來一名文官，派他把昨夜擬妥的書信送到齊歐卡陣營。回音在不到十分鐘後傳來，在信上指定的上午九點——他和夏米優一同造訪上次那片在暖爐前的談話空間。

「早安，約翰·亞爾奇涅庫斯少將閣下。昨天是我對您太過失禮了。」

伊庫塔開口第一句話就以盡最大努力避免聽起來像在念稿的口氣陪罪。而約翰也一樣，用花了一夜時間辛苦戴上的禮節面具回應。

「我才是非常失禮了。竟做出不知分寸的魯莽舉動，我打從心底感到慚愧。」

彼此道歉過後，伊庫塔輕輕舉起夾在腋下的將棋盤。

「嗯～請恕我帶來了棋盤，一起下一局將棋、暢談一番如何？」

「承蒙您相邀，這是我的榮幸。」

約翰點點頭機械地一口答應。在他背後關注著兩人互動的阿力歐忍不住摀著嘴巴。

「……呵呵呵……」

「執政官閣下！」

擔任護衛隨行的米雅拉小聲地責怪，阿力歐倏然收起笑意。

「不，失禮了，沒什麼。一起下一局將棋，暢談一番不是很好嗎？我就安分地在旁邊看著吧。」

「我也會這麼做。因為今天這場手談是不在意勝負，為了交流而下的。」

夏米優像是要事先說定般補充道。伊庫塔和約翰分別坐在位於桌上棋盤兩端的椅子上。

「我們就不限制走棋時間，悠閒地下吧。」

「我明白了。那麼來決定先後手。」

約翰兩手各握住一個棋子，伊庫塔選了右手。由於打開的掌心放著代表後手的棋子，先手決定為白髮將領。兩人互行一禮，開始對局。

一時之間，兩人都沉默不語，只有下棋聲響起。一分鐘、三分鐘、五分鐘過後——看不下去的夏米優開口。

「……咳咳。你們多聊幾句如何？」

悶不吭聲的下棋不符合交流目的。他們自己也對此有所自覺，伊庫塔一邊留意別出言挑釁，一邊提出話題。

「啊……您早餐吃了什麼？」

「簡單地吃了些水果和麵包。我本身並不太注重食物方面，元帥閣下又是如何呢？」

「這個嘛。我總是想著，希望稍加改善戰場上的伙食。」

「改善嗎？重量輕、耐飢、不需調理——我認為這樣的口糧是理想的軍人糧食。」

「依照我的分類，那算是營養補給品，在沒有時間好好進食時用來臨時湊合。當然，這些營養品滋味如果不錯自然最好——不過在根本上，減少食用次數才是重點。」

儘管稱不上氣氛融洽，兩人勉強展開正常的交談讓夏米優鬆了口氣。下棋的手微微加快速度，約翰繼續道。

「的確，士兵們偏愛吃熱食，但開伙得花費許多時間。我想盡量避免因此拖慢行軍速度。」

「若是短期任務這樣做也無妨，一旦得長期作戰就另當別論。之所以這麼說——是因為捨不得花時間用來塞個飽的營養補給品，和確實安排時間進食的用餐，在談論滋味好壞前就有本質上的差異。」

伊庫塔配合對方加快落子速度同時回答。在關注對局的夏米優和阿力歐眼前，棋局轉眼間不斷變化。

「營養補給品始終是戰爭的一部分。但除此之外的用餐是在戰爭空檔之間的休閒，是讓士兵們的心靈脫離戰爭得到療癒的時間。這不是和營養補給同樣不容忽視的一面嗎？」

「就算在用餐途中，也是在任務期間。士兵的意識脫離戰爭不會造成問題嗎？我認為常在戰場才是軍人應有的心理準備。」

雙方的意見像平行線般沒有交會。伊庫塔沉吟一聲，換個切入點。

「亞爾奇涅庫斯少將，想請教一個問題——您最後一次休假是什麼時候？」

「如果您是指假日，我每個月休兩天，因為軍規這樣規定。不過，我在假日也會安排某些工作。只要找一找，該處理的事務多得是。」

約翰明快地回答，但伊庫塔很快重新發問。

「我剛才的問法說得不好——您最後一次悠閒地休息是什麼時候？」

下棋的手戛然而止，但也只停頓了短短數秒。約翰再度以輕快的速度持續攻防，開口回答。

「想不起來了——您知道我的別名吧，索羅克元帥。這副身體打從一開始就不想休息。」

「很難講喔……無論身心，人有時候都會欺騙自己。」

隨著最後這句話，談話就此結束。兩人默默地繼續以驚人的高速下著棋，指速甚至快得像雜耍一般——但伊庫塔突然在某一刻停下來告訴對方。

「剛才也看過這個局面呢。」

「是千日手（註：將棋中雙方出現循環下法，不斷重複局面的僵持狀態）。重擺棋子吧。」

看到同一局棋出現了三次千日手，兩人達成共識將棋局歸零。夏米優瞪大雙眼——以那種速度下棋，還能攻防互相抗衡地形成千日手。不必想也知道，這種情況究竟有多麼異常。

第二局就這樣開始了。這次沒間隔太長的沉默，伊庫塔便再次拋出話題。

「換個話題，方便請教您和阿納萊博士是如何結識的嗎？」

「從前，他在我鎮壓一場叛亂時曾提供助力。那一次本身是個巧合，為了表達謝意，後來我主動拜訪了研究所。」

「是這麼回事啊……他對你的不眠體質產生了興趣吧。」

「博士現在也還在研究這一點，已經提出幾種假說。如果那個研究進展順利——讓人類全都可以像我一樣工作，就是理想的結果了。」

約翰未經深思地說出期望。那一瞬間，伊庫塔用本來伸向棋子的手抱住了頭。

「……怎麼了？索羅克元帥。」

「……不，失禮了，我突然感到頭痛。已經沒事了。」

這說法未必是打比方，但勉強恢復過來的伊庫塔又開始對弈。在旁關注的夏米優緊張起來，不過他突然改變態度繼續發問。

「再換個話題。您有什麼興趣嗎？」

「馬術、下將棋和管理後勤基地——以及氣球的運用等等。」

每一項都是作為軍人的教養。這個回答令伊庫塔忽然感受到摻雜了煩躁的懷念，但沒表現出來地往下說。

「……您對於軍事的全心投入使我欽佩。不過，這樣未免禁慾過度了？」

「就算這麼說我也很為難。我並未特別壓抑，而是打從一開始欲求就不多。」

「……原來如此。」

「索羅克元帥，您是如何在這個年紀指揮帝國軍的？」

約翰反問。黑髮青年平靜地回答。

「……利用與夏米優相處時光的空檔隨意處理，盡可能地偷懶。畢竟這不是我熱愛到能廢寢忘食埋首其中的工作。」

這番話對他而言理所當然，作為一國軍隊統帥來看卻非常離譜。約翰用本來伸向棋子的手抱住了頭，和剛才伊庫塔的動作一模一樣。

「……Yah，不愧是史上最年輕的元帥，真是游刃有餘。」

「模仿我也沒問題，至於興趣部分我推薦午睡。」

回過神時，現場已變得露骨地充滿危險氣氛，兩人就帶著這種氛圍再次對弈。雙方下棋的手速度猛然變快，幾乎像在打架一樣反覆地吃掉棋子與被吃，動作卻在某一刻戛然而止。

「又是剛才看過的局面。」

「千日手。換下一局吧。」

他們彼此點點頭，毫無眷戀地清空棋盤上的棋子。那副樣子看得夏米優發出嘆息，阿力歐則低下頭忍著笑意。

兩人一共下了三局，每一局都以千日手收場，留下這樣令人難以置信的結果結束與約翰·亞爾奇涅庫斯的交流後，伊庫塔和夏米優在走廊中走向自己的房間。

「……感覺你們平靜地交談，相對的改在棋盤上互毆。」

「誰叫他走的棋那麼不可愛……啊，白白耗費精神……」

伊庫塔停下腳步沮喪地垂下肩膀。靠在他身旁的少女，此時突然被人從背後撲上。

「夏米優～辛苦了！」

「……！瓦、瓦琪耶？」

被一把抱住的夏米優慌張地呼喚對方的名字。科學家少女毫不客氣地把臉埋在她的頸間回答。

「真是的～欲求沒得到滿足～難得阿納萊博士和教皇幹起來了，我這次負責的卻完全是幕後工作耶？齊歐卡的外交團雖然很難纏，看樣子再兩天就會耗盡在議論時能用來論戰的材料了～」

「那、那和抱住我之間有什麼關係……！」

「沒什麼～關係！可是可是，我一逮到機會就想抱住我好喜歡的夏米優！妳有意見嗎！」

瓦琪耶無賴地加重擁抱的力道。夏米優滿臉傷腦筋的表情，但伊庫塔並未制止地直接向師妹說話。

「瓦琪耶，妳和阿納萊博士見過面了嗎？」

「還沒有。就算是我，在這種情況下沒經過伊庫塔哥你同意也不會行動。我不成為麻煩的開端，也自知我不適合處理一般外交事務。」

「那麼，現在過去問候一下吧？看家的任務妳交給約爾加了吧？」

「喔，好耶！那邊有約爾加盯著，儘管放心。應該還能擋住他一陣子。」

兩人暗示著對於托里斯奈的監視，確認這一點後，同時決定了當天的下一個行動。

「這裡不能通行，索羅克元帥殿下。」

「不能通行！」

他們正想和上次一樣造訪科學家們的帳篷，但哈朗和米塔士官長在帳篷前像看門般擋住去路。這是極其合理的應對，不過伊庫塔臉上浮現微笑。

「別這麼一板一眼的，哈朗少校。我只是帶師妹來見老師。」

「您能記住我的名字實屬榮幸，但我的使命是活用這副身材充當人牆。若您先徵得卡克雷閣下的同意，請儘管進去。」

「儘管進去！」

米塔士官長重複哈朗的語尾。被大小兩道人肉牆壁擋住的伊庫塔苦惱地抱起雙臂。

「嗯～原來如此。我明白了。」

他話聲方落就猛吸一口氣——趁著兩人來不及阻止，朝遠處可以望見的帳篷大喊。

「執政官！能否同意我和阿納萊博士會面！」

吶喊聲在罩著烏雲的天空下迴響，數秒鐘後，阿力歐從帳篷入口探出頭來。

「嗯，沒關係！請進來！」

他極其乾脆地同意了。伊庫塔聳聳肩重新轉向哈朗他們。

「他好像這樣說了。」

「……你怎麼知道閣下在帳篷裡？」

「考慮到昨天的經過，執政官現在來和博士商議也不足為奇。如果不在再去別處找人就好，我決定總之先喊喊看。」

「哈哈——原來如此，是我眼拙了。請過去吧。」

哈朗面露認輸的笑容讓路。伊庫塔和夏米優、瓦琪耶一起再度拜訪科學家們的巢穴。

「博士～好久不見～！」

「喔，聽這個聲音是米爾巴琪耶嗎！妳也長大了！」

阿納萊博士迎面抱起一走進帳篷就衝過去的瓦琪耶，在角落的桌子前專心做事的巴靖錯愕地轉過身。

「咦——哇~真的是米爾巴琪耶！抱歉，奈茲納，我先溜了！」

「別想逃。」

巴靖正想頭也不回地跑走，卻被奈茲納揪住衣襟。瓦琪耶接近手舞足蹈掙扎著的師兄，臉上露出壞心眼的笑容。

「嘿嘿~巴靖哥，見到久違的師妹卻是這種反應，好過分啊~又不是看到怪物出現~」

「咿！饒了我！我給妳點心！」

「哇~！嗯，這是什麼，烘焙點心？濕潤的口感真不錯。多給我一些，我要分給夏米優。」

「妳這樣算是搶劫吧……把多出來的份還回去。」

當夏米優看不下去地出面制止，瓦琪耶回答一聲「好~」，乖乖地罷手。巴靖難以置信的看著這一幕，目光投向那位救世主少女。

「咦……小夏米優，難不成妳和這傢伙感情很好？能夠溝通？」

「溝通……唉，算是勉強聽得懂兩成她說的話。」

「我們可是無庸置疑的親密好友！」

瓦琪耶同時這麼說，攬住夏米優的肩膀主張兩人的友情。側眼看著她們的樣子，奈茲納向黑髮青年開口。

「……那麼，伊庫塔。你和齊歐卡的將領吵完了嗎？」

「剛剛找他下過一局棋握手言和了。所以拜託妳別再提這件事好嗎？奈茲納姊，主要是為了我的心靈健康著想。」

「既然你希望的話，我會照辦。雖然我暫時忘不了那個場面。」

奈茲納浮現一絲壞心眼的笑容回答。伊庫塔嘆了口氣，提起精神重新轉向阿納萊博士。

「那麼，博士。雖然昨天來不及說——真是叫我嚇破膽了。我想過你們一定會拿出某些東西，但沒想到居然打碎『神殿』的牆帶過來。」

伊庫塔一說出這句話，巴靖等科學家之間的氣氛霎時變得緊繃起來。然而——被問到的阿納萊博士本人不包含在內。

「喔喔，關於那件事……」「哇——————！」

「博士，快停口！他在場！卡克雷閣下在場啊！」

弟子們慌張地制止險些洩露機密的老師。看著他們非比尋常的緊張神情，伊庫塔看向坐在帳篷一角椅子上的阿力歐。

「啊，失禮了，我無意刺探機密，只是過來表達心中的驚訝。」

「我當然明白。抱歉，我在這裡害得你們聊不盡興。」

兩人以不帶一點真心話的台詞應答著。由此看出退場時機已到的伊庫塔，用眼神向夏米優和瓦琪耶示意。

「這哪兒的話，是我自顧自地跑過來。那麼——既然師妹已打過招呼，今天我們就告辭了。」

三人說完後準備離開帳篷。此時，阿力歐朝著他離開的背影開口。

「索羅克元帥。你晚上睡得好嗎？」

「——很好。雖然天氣有點冷，蓋上毛毯還過得去。」

「這樣嗎，真叫人羨慕。果然年輕真好。我最近這陣子難以入睡，睡前酒喝得愈來愈多了。」

他感慨地說出這番話。伊庫塔聽到後微笑地回答「我可以理解」，這次真的離開了帳篷。

「……索羅克，這樣子好嗎？你幾乎沒和博士交談過。」

「嗯，想知道的事情大都試探到了，和我預料中差不多。」

「說得也對。因為那東西很堅硬～」

瓦琪耶一臉知情地點點頭。兩人之間好像這麼一說便互相會意，讓夏米優皺著眉頭思索起來。

「唔……你們在說什麼事，只有我不明白嗎？」

「我會找機會好好說明。只是，那些內容我盡可能不想說出口。」

黑髮青年如此暗示並望向背後，口中悄然低語。

「……無論如何。今天我也要試著熬夜一會了。」

當天深夜。確認夏米優在那輛大馬車上就寢之後，伊庫塔帶著護衛兵們走在黑夜中。

「……往這邊走。」

一行人很快就和齊歐卡的嚮導會合，由他們帶路前進。在距離以劃分外交館周邊區域的形式設置的兩國軍隊地盤——其交界處頗近的地方燃起了火堆並擺上兩把椅子，是今夜的聚會地點。

「嗨，你來了。」

「承蒙你特地相邀，自當赴約。」

已經先坐在椅子上的阿力歐開口問候，伊庫塔舉起帶來的酒瓶作為回應。齊歐卡的執政官也搖搖盛著酒的酒杯，咧嘴一笑。

「如你所見，這不是像白天那樣拘謹的場合。先坐下再說。」

伊庫塔點點頭坐了下來，握住瓶塞。砰！開瓶聲在黑夜中迴盪——聽到那悅耳的聲響，阿力歐舉起右手的酒杯。

「乾杯——無法共享美酒雖然可惜，但至少還能這樣共享營火。在今天這種寒冷的夜裡，像這樣喝酒也頗為風雅。」

「是啊。乾杯。」

說完開場白後，兩人同時嚥下酒液。感覺到酒精的熱意流入胃中，阿力歐緩緩地開口。

「——呼……我們雙方都有些話是帶著孩子就不方便講的，不是嗎？」

「或許吧。雖然隱藏的祕密愈少愈好。」

伊庫塔以略帶沉重的口吻回答。執政官看出他了解自己的意圖後問道。

「『她們』過得好嗎？」

沉默立刻籠罩現場。青年沒有立即回答……這個問題帶給他的第一個想法，是自責的念頭。

「……稱不上太好。不久之前，她們為了保護夏米優受了重傷。」

「——傷勢的程度與治療的過程呢？」

阿力歐立刻追問。伊庫塔從他的聲音裡聽出真正的憤怒，回答了必要最低限度的訊息。

「我無法詳細說明，只能保證她們正在順利地康復中。」

「那次負傷是無法避免的嗎？」

「……不。首先，我方的預測不夠周延——為了彌補這一點，逼得她們太拚命了。」

聽到青年的回答，阿力歐重重地吐出一口氣。

「我可不希望這麼簡單地就把人用廢了。如此獨特的人才，不是想再找就能找到的。」

「我也這麼認為。和你其他的許多『作品』一樣。」

伊庫塔的聲調帶著明顯的譴責之意，繼續說道。

「如果發現有潛力的人才，你還會實施相同的教育嗎？」

「說得好像我下手洗腦了似的——關於她們，我可是賦予了走投無路的兒童參與社會的手段和機會。我從不曾強制要求她們做任何事，不覺得有什麼好愧疚的。」

「是啊，這和洗腦性質不同……你的手法遠遠更加高明。」

營火火光的映照，在阿力歐側臉形成清晰的陰影。伊庫塔側眼看著他說道。

「執政官，你很擅長待人。你能夠掌握一個人渴望什麼、對什麼感到憤怒、憎恨什麼——甚至包含他們沒有自覺的部分，在這些地方安排動機加以利用。因為基礎是對方心中本來就存在的感情，就沒有強迫硬逼的問題……你的話語會沒遭到抵抗地逐步滲透你挑中的對象。」

話聲暫落，只有火星迸開的劈啪聲在黑暗中迴響。阿力歐沉吟一聲，啜飲杯中的酒。

「像騙徒一樣玩弄花言巧語，誘導她們——總而言之，你是在這樣譴責我嗎？」

聽到反問，伊庫塔沉默半晌後靜靜地搖頭。

「……不。費盡唇舌地嘗試誘導他人這種行動，可以說放在所有的教育上都一樣。學校教育是為了嘗試培養出對社會有益的人才，軍事訓練則是把人矯正成軍人的行動沒錯。這件事本身無需譴責。」

「沒錯。想要教導人某些事時，幾乎不可能不包含任何誘導在內。」

「是啊。另外，像騙徒一樣玩弄花言巧語——這麼說也不正確。因為你並非在欺騙對方。你大概會盡可能履行發掘某人時所做的承諾，對於在這方面撒謊掠奪利益絲毫不感興趣吧。」

「能得到你的了解真是榮幸。」阿力歐笑著說。

伊庫塔依然帶著形成對比的僵硬表情，繼續往下說：

「在發現有才能的人物並培養他們這件事上，沒有任何人比你更加出色。『不眠的輝將』、『白翼太母』還有『她們』——和你的手下們交鋒時，我無一例外地都感到背脊發寒。」

喔～他說出的名字，讓執政官欽佩地喊了一聲。

「我應該還沒告訴過你，提拔艾露露法伊的人是我才對。我也不認為她會主動提起，你為何這

樣認為？」

「在尼蒙古港海上的海戰剛結束時，我和被俘虜的她短暫地說過幾句話。內容只是簡單地問了她的成長背景，你的名字當然一次也沒出現過。可是……與她交談時，我一直感覺到與面對『不眠的輝將』時相同的氣息。不，應該稱作相同的扭曲嗎？」

「還真犀利。意思是說我培養出的孩子全是扭曲的？」

「你應該是最清楚那個理由的人。」

伊庫塔的聲音透出超乎譴責的憤怒，緊握的雙拳放在膝頭微微顫抖。

「由於沒有意義的戰爭失去了國家和好友的約翰．亞爾奇涅庫斯，為了實現齊歐卡的繁榮及世界的永久和平不分日夜持續工作，甚至放棄了理應是賦予所有人類的睡眠權利……然而，他的過勞到底何時才能得到回報？一百年後？三百年後？五百年後？唯一確定的是，那份工作在那傢伙在世期間是絕不會結束。那傢伙正企圖只為了自己絕對得不到的報酬耗盡人生的一切，而贊同此事的你在慫恿推動他。」

「…………」

「同樣的，孑然一身又因為體質無法懷孕所苦的艾露露法伊．泰涅齊謝拉。她稱呼全體艦隊部下為我的孩子，用深切的慈愛彌補孤獨……然而，既然她身為將領與軍人，每次發生戰爭就無法避免會有部下陣亡。照現在這樣活下去，她將一次又一次失去自己的孩子。她註定將一再體驗到連一次都難以忍受的悲傷。引導她過這種生活的人，毫無疑問正是你。」

阿力歐保持沉默沒有回答。伊庫塔還不在乎地責難道。

「成長時在惡劣的環境下日常遭受虐待，結果導致人格分裂的『她們』。在培育信賴的過程展現善意人格，取得信賴後展現惡意的人格——她們透過人格的切換運用，作為可怕的間諜在幕後大展身手……可是這樣的工作，等於是在親自踐踏用心堆成的沙城。達成以後只剩下一片燒毀的荒地。你明知如此，還在她們耳邊呢喃『把背叛當成工作就行了』。」

他非常清楚，那個矛盾會何等折磨本人的心靈。伊庫塔的腦海中歷歷在目地浮現，在那次事件的最後——她在對同伴下手前意圖自盡的身影。

「還有——在黃昏的帝國出生為皇族的少女，夏米優．奇朵拉．卡托沃瑪尼尼克。」

於是，青年說出他正傾盡全力試著拯救的少女名字。

「我聽說當那孩子以政治人質身分待在齊歐卡期間，曾和你有接觸。聰明的她，從小就對自己的身分感到苦惱——你針對她的苦惱下了毒。因為你預料她的存在日後可能成為毀滅帝國的關鍵一擊。」

「…………」

「從才剛相遇開始，她就不時提到自己的血是腐敗的……她生性無論在任何事情上都對自己很嚴格，身為皇族的責任感大概也強化了那個傾向。不過，光憑這些應該不會變得像現在一樣嚴重。那孩子的雙眸頑固地僅僅注視著自己的毀滅。她期望一個人承擔皇室長期累積的暴政報應，接受眾人的制裁懲罰……正如你所下的詛咒一般！」

他的話說到最後已近呼吶喊，伊庫塔以反覆深呼吸發揮自制後再繼續道。

「這就是你應該被譴責的地方。無論是約翰．亞爾奇涅庫斯、艾露露法伊．泰涅齊謝拉、『她們』或者夏米優——身為一個成人，你應該站在拯救他們的立場上。

……不是促使失去一切的少年耗費生涯只去追求遠大的理想。

……不是給予無法成為母親的女性無論付出多少關愛都會不斷死去的孩子。

……不是安排一再遭到背叛的少女同樣以背叛維生。

……不是讓自我厭惡的少女產生自己的毀滅就是救贖的錯覺。

更加簡單的溫暖。觸手可及的救贖。純樸又隨處可見，作為一個人類需要的足夠幸福——憑你的能力，應該能給予他們所有人這些才對。」

青年宛如在哀悼並未實現的夢想般垂下眼眸。聽到這番話，阿力歐一口氣喝光杯中的酒。

「……坦白說我很驚訝。你遠比我預料中更深入地了解我這個人。」

他說出讚賞的台詞。但是——覆蓋那張臉孔的完美笑容沒有一絲動搖。

「的確沒錯。就算帶他們脫離困境，我並未拯救他們的心。進一步來說，我是沒打算去拯救。你可知道為什麼？」

阿力歐向對方問起自己的心境。伊庫塔瞪著火堆淡淡地回答。

「因為這樣會損及他們對你而言的可用性吧？」

執政官頷首同意他毫不猶豫地拋出的回答。

「滿分的答案。沒錯——我可以斷言，再也沒有什麼比得到救贖的人類更無聊了。」

他毫無忌憚地以聞者會感到毛骨悚然的冷漠語氣斷言。

阿力歐的視線忽然轉向夜空，對於雲層遮蔽看不見星辰感到遺憾，同時說道。

「說說往事吧——從前，我曾把一個人敬重為師。那是一位高潔、知識淵博又聰明，特別是具備超越群倫行動力的出色女性。無論作為人或政治家，我都由衷地深深尊敬她——說來很難為情，我一定也曾思慕過她。」

雖然她比我年長許多，阿力歐笑著說。伊庫塔皺起眉頭，面對這個難纏的對手，他不知道該把這番話當真到什麼程度才好。男子也很清楚對方的感想，坦然地繼續道。

「當時的我只是個薪俸微薄的小吏，但我覺得能一直在那個崗位上支持她也很好。她指派的工作並不輕鬆，但總是很值得去作。而且——雖然是很平凡的動機，自己的努力能改善民眾的生活讓我很開心……你或許難以相信，許多政治家都把這種心情當成工作的動力。

其中最令我印象深刻的回憶，是把一條經常氾濫淹沒下游村落的河流引到支流，使水災大幅減少的大事業。當時老師的工作表現令我欽佩萬分。擬訂以年為單位的計畫、獲得龐大的預算、募集優質建材和人手、調整各相關組織的利害關係、與當地居民的事先交涉——每一項工作都不輕鬆，幾年來在人們之間來回奔波的次數多得數不清。

和她共度過那種忙碌的日子，有一天我試著問她，妳為什麼能這麼努力呢？」

阿力歐以懷念的眼神說道，鉅細靡遺地想起當時的回答。

「她回答我，因為我知道貧窮的滋味。她的成長背景使她非常清楚，貧困——會把人的可能性縮限到多麼狹窄、想要自力脫離那種狀態有多麼困難。不是有句老套的說法……叫肩負著全村的期待嗎？她正是如此。她生於南海岸貧窮的小漁村，那裡大部分的村民只勉強懂得寫自己的名字。雖然這樣，只要村中有特別聰明的孩子，大家會一起集資試著把孩子送到附近城鎮的商家學習，期待孩子總有一天帶著錢財返鄉。」

「………」

「她在商家從經商開始學習各種知識——但她告訴我，她看待世界的觀點徹底改變，所有事情都出現了選擇。沒錯，我想你也明白，有選擇的餘地是富饒最具代表的一面。貧窮的生活往往沒有選擇。食物、衣服、從事的工作、結婚對象——她發現從前沒有選擇餘地的這些東西，依照做法和實力而定都能夠選擇。據說這是一切的開端。」

阿力歐邊說邊拿起放在地上的酒瓶，又倒了一杯酒。

「總之，她努力地賺錢，等金額達到某個程度就把大半資金帶回出生的故鄉交給村長，拜託村長拿這些錢改善大家的生活。村長歡喜地收下資金，實際上也把錢按照他們的判斷投資在村莊發展上——不過，你覺得結果如何？」

「……運用並不成功吧。」

「正是如此。畢竟那是個純樸的漁村，村民們不知道捕魚撈貝賣錢以外的賺錢方法。那片海域資源本來就不算豐富，即使買了新漁船和漁具能提升的收入也有限。必然的，需要走上與過往老法子截然不同的路線才有辦法改善狀況——他們卻不明白。不是知道其他方法卻不做，而是根本想不到。她送給村子的資金並未帶來富裕的未來，結果只是白白浪費掉了。」

那悲傷的來龍去脈彷彿浮現在伊庫塔的眼中。阿力歐繼續往下說。

「當她幾年後重返故鄉，察覺大家的生活和過去一模一樣時，她領悟到，單靠金錢改變不了民眾的生活，需要有人來準確地思考與判斷如何運用資金——也就是執政。從此，她開始走上政治家的道路。」

阿力歐高高舉起斟滿酒的杯子，彷彿在祝福過去英雄誕生的那一幕。

「這是她對政務投入熱情的來源。簡單的說，她一看到和昔日的自己有相同遭遇的人就無法置之不理。只要這麼做明明就可以改善生活——一旦動了這種念頭，就再也無法不說出口了。治理氾濫河川的工作也是這道延長線上接下的。計畫當然遭遇困難，好幾次險些擱淺——但最後一切全屈服於她的熱情之下。當時我的心情就像目睹了英雄的凱旋。」

「…………」

「那次的表現讓她打響名號，在不久後立志進入中央政界。因為這麼一來，能獲得的資金和可以做的事規模也會更大。她四處拜訪以求多結交當權人物，我也欣然同行。我很期待她和治理氾濫河川那時候一樣，總有一天在更大的舞台上大展身手。」

快活的口吻到此結束。阿力歐換成平板的語氣繼續道。

「然而，期待並未實現。不，準確的說，她成功地飛黃騰達——行動力卻隨著地位愈高愈加衰退——因為年紀漸長體力下滑？不，不對。衰退的是她的熱情……到了這時，她已不再像以前那樣逐一突擊訪問貧困地區指揮民眾改善生活。她在都市的整潔區域找個舒適的據點安頓下來，天天和來訪的當權人士開會。」

彷彿回憶起當時的失望和焦躁，阿力歐嘆了口氣。

「我在已經太遲的階段才注意到那個變化的原因——她離貧困太遙遠了。在立志打入中央，只顧著跟富裕階級人物接觸的期間，她和過去總在身旁的貧困拉開了太遠的距離。住在繁華衛生的都市裡看不見貧困的真實狀態——撲滅貧困的熱情也在她心中漸漸減弱。這樣一來，已沒有足夠的理由拒絕安逸的生活。」

英雄的理想姿態在眼前漸漸崩塌。彷彿在品嘗那種苦澀，阿力歐啜了一口酒。

「你明白嗎？她生於貧困中，時時刻刻與貧困相伴才得以成為英雄。完全拯救她脫離那種境遇的話——就成了一個沉溺於安樂的人。」

「…………」

「昔日的她無法重現了。當我篤定這一點之後，就決定讓她失勢並繼承她的地盤。我至今依然相信那個決定沒有錯。可是——同時仍感到後悔不已。

為什麼沒有更早注意到？在她得到救贖之前、在她墮落成隨處可見的平凡人類之前——我未能把她的靈魂拉回昔日的苦海。」

我應該讓她更加痛苦的——男子說道。應該讓她與貧困相伴，無止境地戰鬥下去。我想陪在那樣的她身旁一直支持她。

「俗話說人生有兩個悲劇，一個是夢想沒有實現，另一個是夢想實現了……前者是催生英雄的悲劇，後者則是扼殺英雄的悲劇。所以，我總是積極地製造前者，並注意避免後者發生。」

這正是阿力歐．卡克雷的哲學。到了此刻，伊庫塔正確地理解到與許多強敵對峙感受到的宿敵的精神性，並產生同等的畏懼和厭惡。

「約翰的生存方式，這樣就好了。艾露露法伊、直到不久前為止的『她們』，當然夏米優也包含在內——他們只要還活著就會持續工作而非沉溺於安樂，在過程中給齊歐卡這個國家的發展帶來莫大利益。因為沒有得到救贖，他們才能達成平庸者絕對無法仿效的偉業。那是——多麼高貴美麗之事啊。你不認為嗎？」

伊庫塔花了一點時間斟酌詞語，好在面對希望夏米優毀滅的對手的思想時，不對任何事情讓步、一步也不退後地展開反擊。

「……無論是目標向何處奔跑的人，遲早都會停下腳步。無論是抵達了目的地或是半路累得邁不開步子，任何人都無法永遠地跑下去。」

「……嗯？」

「心懷志向者的犧牲和奉獻，有時會打動觀眾的心吧。不過——那絕非可以被本人以外的人利用消費掉的東西。阿力歐．卡克雷，你真的沒想過嗎？你企圖做出的東西，是把那些為國家付出最多努力的人們連灰燼都不剩地燃燒殆盡，用那些熱源當成糧食來營運下去的獻祭國度——和兩年前為止的帝國沒有任何差異。你希望齊歐卡的未來是那樣的嗎？」

面對青年的問題，齊歐卡的執政官浮現那個完美的笑容應答。

「為了某些事物盡己所能付出一切，人才能活得最為美善。這只代表我所期望的齊歐卡，是不斷誕生出這種人的國家，有任何問題嗎？」

注視著眼前的火光，伊庫塔毫不猶豫地用堅毅的聲調回答。

「我要對此一認知的基礎提出異議——正因為自己得到幸福，人才得以向更多人分享幸福。幸福並未循環的國家沒有未來。這是我的回答。」

說完這番話，兩人陷入沉默——接下來他們沒有再交談一句話，結束了這一夜的會面。

隔天上午十點，與上次同一批人齊聚在大會議場。率領白衣科學家們的阿納萊・卡恩向默然佇立在圓桌另一側的拉普提斯瑪教皇開口。

「教皇啊，等了一天，妳和神討論完畢了沒？」

「…………」

問題沒得到回答。本來期待相隔一天會產生某些變化的阿納萊感到有些失望地聳聳肩。

「總是我單方面地說下去吵不成架。妳沒有花費昨天一整天思考該說的話嗎？我期待與妳對話。」

就算催促到這種地步，教皇還是沒有任何回應。她裝作面無表情，神色間卻透出深深的掙扎和疲勞。無法再度展開議論，令科學家們一臉為難。

在那股沉重的氣氛中——在所有人的意識之外，會場內的精靈們同時開口。

「「「「「受理向援助規定對象公開資訊的申請。作為同意條件，要求援助規定對象證明其智能水準已達標。」」」」」

在場所有人都錯愕地注視著附近的精靈。有的在桌上、有的在椅子上、有的在腰包裡的精靈們露出彷彿被附身的空洞眼神，說出一字一句完全相同的台詞。

「「「「「——再次重複。受理向援助規定對象公開資訊的申請。作為同意條件，要求援助規定對象證明其智能水準已達標——」」」」」

伊庫塔將臉湊過去，直盯著在桌上反覆說著這段發言的庫斯——這狀況類似於軍事政變時的玉音放送，但絕不可能是相同現象。玉音放送始終是「位於帝國領土內的帝國精靈」同時說出同樣內容，無論這裡是拉·賽亞·阿爾德拉民的領土，或每個國家的精靈都出現相同反應，都顯然與玉音放送的規則有差異。

「————」

比起任何人更愕然地瞪大雙眼的人，是教皇葉娜希·拉普提斯瑪。當精靈們的發言在幾分鐘後停止，大會議場恢復沉默，她勉強擠出聲音說道。

「——……………神降下了試煉。」

出席者的視線全部匯聚到她身上。教皇彷彿要壓抑顫抖般按著肩膀，仍然繼續宣告。

「立刻整理行裝，出發前往精靈們指示之地。若你們通過試煉，應該會得到神的某些答覆——我也會同行，見證一切。」

她話聲方落就掉頭而去，不理會科學家們的制止快步離開大會議場。亞庫嘉爾帕上將和神官們慌忙跟在教皇身後離去，現場只剩下帝國與齊歐卡的出席者。

「……卡克雷閣下。精靈們……」

此時，約翰察覺一個異變。夏米優和伊庫塔也在同一時間被相同現象吸引了目光。從庫斯算起，在場所有精靈——全都指著同一個方向。

「索羅克，這是……！」

「……方位……大概是北方？」

伊庫塔拿指南針作比對，確認了這個事實。出乎意料的情況變化使科學家們一片騷然地緊張起來——站在中心的老賢者咧嘴一笑。

「看來總算是回應了——你們要打起精神。接下來似乎要上演重頭戲嘍。」

隨著這句話，在場所有人都有種直覺——這場活動，不會只以單純的會議告終。

第二章

Alderamin on the Sky

神的試煉

在多雲的陰天下，軍裝各異的三方部隊並排向北方前進。

帝國兵、齊歐卡兵、阿爾德拉神兵——三者沒起衝突，甚至不互扯後腿地朝著同一個目的地進軍的景象，從歷史角度來看也稱得上極為少見。從他們本身的神情中摻雜的困惑，也看得出這一點。

「——情勢發展變得相當奇怪啊。」

帝國軍隊伍位於集團整體東側，在部隊中心位置的大馬車上，約爾加三等文官越過車窗望著外面的情形開口。這番話代表了同車所有乘客，或者是在外面步行的所有士兵的心聲。

「中止三國會議全軍北上，路標只有精靈的引導，連前方有什麼也不得而知……如此徹底無法預料未來的狀況也很罕見。」

約爾加重新轉向車廂內。坐在椅上的伊庫塔重重地頷首。

「……帝國、齊歐卡、拉・賽亞・阿爾德拉民。不分屬於哪個國家，在場的精靈們同時發出相同的訊息，光從這一點來看也顯然是異常事態。假設在精靈們引導的目的地有『某些東西』，那不能只讓齊歐卡過去。」

「這個說法，是你作為元帥的場面話吧。」

和夏米優並肩坐在床邊的瓦琪耶用惡作劇的口氣補充。伊庫塔臉上的緊繃感立刻消失，嘴角浮現與師妹相仿的大膽笑容。

「嗯，算是吧——身為一名科學家，我不可能錯過這麼有趣的狀況。」

青年斬釘截鐵地說。當前難以預判未來的狀況，令他們這些科學家感到非常興奮。然而，女皇沒辦法像他們那樣徹底改變態度，在旁邊認真地沉思著。

「雖說目前的事態也是如此……我難以推估拉普提斯瑪教皇有何想法。『神的試煉』究竟是什麼？」

「這個詞彙不時會出現在聖典中。看過聖典全篇得到的印象，主要是神施加給宗教重要人物的無理要求。」

「宗教重要人物……在此處指的是……」

「從直到『試煉』開始為止的狀況來看，個人的話，我想果然是阿納萊博士吧。」

聽到伊庫塔的推測，夏米優抱起雙臂沉思。

「……我不明白。對阿爾德拉教團來說，阿納萊博士是甚至被冠上『瀆神者』名號的危險人物吧。這樣的人繼名聞遐邇的聖人們之後成為接受神的試煉的對象，而教皇也認同了？」

「與其說認同與否——我總覺得她的反應不在那種程度。她的樣子看來除了接受別無選擇……從這一點來思考，應該把『神的試煉』視為是由比教皇更高階的意志決定實行的事情。」

「比君臨阿爾德拉教頂點的教皇更高階的存在——那究竟是什麼？」

「我們接下來就要去確認對方的真面目啊。」

伊庫塔這麼說道，目光轉向旁邊的桌子。他和夏米優的搭檔精靈，庫斯和西亞並排站在桌上。

雖然脫離了類似玉音放送時的茫然自失狀態，自從在大會議場的事情發生後，他們一直指著同一個方向。

「再說——剛才說阿納萊博士被施加了試煉，但參與對象說不定是我們所有人。因為就如你們所見，這裡的庫斯和西亞也指著北邊。」

在夏米優不安的目光中，伊庫塔輕輕湊近臉龐向精靈們說。

「吶，庫斯、西亞。目的地有些什麼？」

「對不起。我無法回答，伊庫塔。」

「…………」

庫斯露出為難之色，西亞沉默地搖頭。伊庫塔笑著點點頭。

「沒關係。謝謝你們。」

我該問的對象另有其人。伊庫塔一邊心想，視線一邊投向他們指出的方向，而約爾加以自制的口氣找他攀談。

「身為一名科學家，我同樣對這個狀況感到興奮……但請在作為指揮官方面也別疏忽大意，閣下。依據位在目的地的『什麼』的真面目而定，我方有可能與齊歐卡和拉·賽亞·阿爾德拉民兩軍發生武力衝突。」

「嗯。畢竟並排而行的對手不好對付，沒有理由可以大意。」

聽到這番叮嚀，伊庫塔將注意力放在與我方部隊相鄰前進的另外兩個部隊上——他們與齊歐卡及拉・賽亞・阿爾德拉民，當然都不可能屬於完全的合作關係。儘管不能在自己投入解開謎團當中露出破綻——先不提這個，青年向約爾加拋去不滿的目光。

「話說，約爾加——你不必連在這輛馬車上都對我保持那種口吻。這樣我也難判斷什麼時候可以放鬆。」

「這、這我明白。但現在狀況詭譎，我認為精神上緊張一點比較好……好歹我也是你的師兄。」

戴著單邊眼鏡的青年說完後撇開臉龐。瓦琪耶立刻插話。

「哼哼~約約想找回面子吧。因為伊庫塔哥稱呼其他前輩都會加上哥或姊，唯獨對約約總是直呼名字？他本人可是暗暗介意喔。雖然以那種方式相遇，這也是無可奈何的結果。」

「什……！」

約爾加面紅耳赤地摀住少女的嘴。伊庫塔托著下巴思索。

「……約爾加哥……哇，不行。一說出口就覺得整個不對勁。」

「不必叫我哥！你也別把這傢伙說的話通通當真！」

約爾加揪住瓦琪耶的臉頰邊拉邊喊。黑髮青年苦笑著補充。

「唉——打從以前開始，我就覺得約爾加比起師兄更像是年齡相仿的科學家夥伴。我並非拿你和其他人相比而看輕你。坦白說，巴靖哥在我眼前做蠢事的次數也不遑多讓。」

「巴靖哥啊~從以前起就有種一碰面就想從他身上騙走一點小錢的氣質。」

白衣少女連連點頭。伊庫塔語帶嘆息地注視著約爾加。

「……光是你平常能管住這傢伙，在我眼中就很值得尊敬了。要有自信，約爾加。無論作為科學家、文官還是凶暴珍禽異獸的飼養員，你都是無可挑剔的優秀。」

受到坦率的讚賞，約爾加眨眨眼睛，接著又撇開臉龐扶著單邊眼鏡沉重地呢喃。

「……哼、哼，憑我的睿智，做到這點程度輕鬆得很……」

「嘴角都翹起來了，約約。真好對付～你還是好對付到可愛死了～！」

瓦琪耶嚷嚷著攔腰抱住約爾加。當約爾加掙扎著想掙脫懷抱時，大馬車停了車，站在車外戒備的露康緹敲敲車門入內。

「在隊伍前方，精靈似乎停止指路了。還請諸位準備下車。」

伊庫塔毫不猶豫地拄著拐杖起身。即使在一直關注著他的夏米優看來，青年眸中蘊含的光芒也比平常更強烈了五成。

五人下了大馬車走向隊伍前方，早一步抵達的白衣科學家們正四處忙碌著。其中，阿納萊環顧周遭的景象。

「唔——這裡就是試煉之地？」

站在他身旁的約翰也同樣地掃視四周，對於結果歪歪頭。

「Ｍｕｍ，乍看之下是什麼也沒有的平原，環顧周遭也沒發現什麼顯著的地形。」

「奈茲納，精靈們怎麼樣了？」

阿納萊問旁邊的助手。她抱著搭檔精靈回答。

「……還是一樣，自從進入這一帶就不再指向北方。如果詢問下一個指示——」

奈茲納說著向精靈發問。剎那間，陷入那種茫然自失狀態的精靈開口。

「站在圓心。」

看到精靈以缺乏抑揚頓挫的聲音告知，奈茲納回頭轉向老師。

「——只會這麼回答。」

「唔，圓心嗎？」

阿納萊從鼻子裡哼了一聲。就在這個時機，來到他們身旁的伊庫塔加入對話。

「要知道圓心，得先知道圓的邊緣在哪才行。」

青年開口第一句話就這樣說，轉了一圈環顧周遭。

「既然沒有人造物與特徵鮮明的地形，現階段可作為線索的只有精靈的指引。可以先試著從這一點開始琢磨吧？」

「我有同感。約翰，你的看法呢？」

老賢者把話頭拋給另一名弟子。白髮將領瞪了伊庫塔一眼後點個頭。

「……Yah，我也持相同意見。動員士兵試著調查周邊吧。」

「就採取雙方派出相同人數的士兵，彼此解除武裝的形式如何？」

黑髮青年馬上提出要求，約翰思索了一會。

「……這是無所謂，但兩個部隊在同一個現場分頭作業會導致彼此混亂。就算是臨時的，我也希望能統整指揮系統。」

「解決方案非常簡單。把總指揮權交給阿納萊博士就好。」

伊庫塔就像一開始便打算這樣做似的提案，大膽得叫約翰有些畏縮。他打從一開始就毫不在乎阿納萊博士目前屬於齊歐卡陣營這件事。

黑髮青年至今依然毫不懷疑那份超越國家框架培育而成的師徒關係——老賢者也理所當然地確實回應了他的信賴。

「好——伊庫塔、約翰，你們分別率領兩百名士兵，搜尋精靈舉止有所變化的範圍！」

「了解！」「Ｙａｈ！」

兩人收到老師的指示後馬上展開行動。決定彼此的搜索範圍後，他們分別開始朝一個連發號司令。

「注意搭檔精靈的舉動，配合信號一步一步慢慢地走過來！」

「當精靈恢復平常的樣子，立即原地停下來！」

兩人調派部隊的做法幾乎完全相同。首先讓士兵們呈放射狀朝廣範圍散開，向懷中搭檔精靈指出的方向一點一點地前進。精靈在進入某個範圍時會不再指出方向，而士兵也在那裡停下腳步。

「喔喔——原來如此、原來如此。」

持續這個步驟，阿納萊漸漸看出了士兵的配置具有某種規則性。當所有士兵終於都停下腳步，老賢者向兩名弟子發出後續指示。

「你們能盡量均等地分配站立士兵之間的間隔嗎？」

伊庫塔與約翰馬上依言調動士兵。不到幾分鐘後，兩個部隊的士兵們幾乎間距相等地並排站在精靈反應轉變的界線上。這麼一來——他們的位置，沒有蓄意安排地形成遠遠環繞阿納萊博士的形式，人牆構成了圓。

「很好很好，清楚地看出來啦。」

老賢者臉上浮現滿意的笑容。對士兵下完指令的約翰此時跑了過來。

「需要從上空俯瞰嗎？必要的話我可以準備氣球。」

「不，大概沒有這個必要。既然對方說是圓，認為這就是目標才自然。要找出圓心，首先得——」

正要往下說的阿納萊博士動作突然頓住，思索了半晌。

「——不。唔，對啊——夏米優，妳有辦法算出圓心嗎？」

「唔……？」

老賢者突然拋來話頭，令心理上退居二線關注著情況的夏米優感到困惑。擔任貼身護衛的露康緹代替她說道。

「？我想圓的中心大概在附近。」

她邊說邊走到士兵們圍出圓形中央附近。阿納萊博士雙手扠腰看著她的模樣。

「很難說吧？真正的圓心或許在離那裡往北兩步之外，不不，搞不好是往南退回三步。也有可能偏西或偏東～」

「唔唔？唔唔唔？」

聽他一說，女騎士抱起雙臂歪歪頭。老賢者呵呵笑著繼續道。

「說『大概在這附近』，不算在真正意義上知道圓心的位置。要找出圓心必須認識到圓的性質──妳會怎麼做？」

當他再次看過去，夏米優也試著面對眼前的問題。她在腦海中畫出圓，思考如何求得圓心並說了出來。

「……如果是畫在紙上的圓，就從圓周上取兩點以圓規畫圓，並畫出通過兩個圓之交點的直線。由於這條直線會通過圓心，再重複一次相同步驟畫出另一條直線，兩者相交處即為圓心。但是……」

「就算是我們，也沒有能直接用來畫出這種尺寸圓形的圓規啊。」

阿納萊博士這句話，讓夏米優立刻修正思路──坐在書桌前所用的做法是行不通的。她必須當場在這裡提出這種規模也能適用的方法。

「……把士兵的位置關係用任意比例尺抄寫到地圖上……不，太誇張了。只是推算圓心，沒必要那麼費事。」

夏米優腦海中浮現和測量地形相同的做法，不過說到一半就想到更簡單的方法。確認在實行方面沒有遺漏之處後，她說了出來。

「——畫兩個以圓周上的三點為頂點的直角三角形。只要有就算小但能分辨直角的道具，與保證直線筆直的光精靈遠光燈應該就能實現。用水準儀使光線高度一致，只在求線段與線段的交點時拉起長繩。這樣做如何？」

「嗯，正確答案！聰明的孩子！」

老賢者用掌心揉了揉女皇的頭。雖然被突然的動作嚇了一跳，夏米優不可思議地無意拒絕。或許是知道老人是伊庫塔的老師、或許是他本人散發的氣質影響——明明才剛認識沒多久，她不知為何有種受到溫柔祖父稱讚的心情。

「從圓周上的頂點A以九十度角畫出兩條線段，將線與圓周相交處分別設為頂點B、頂點C。由直線連成的直角三角形ABC的斜邊BC必為圓的直徑。在另一個頂點D處重複相同步驟，再畫出圓的直徑斜邊DE，斜邊BC和斜邊DE——兩條直徑的相交點即為圓心。」

老賢者這樣說明夏米優所用的方法，要旁邊的弟子們加以實踐。夏米優欽佩地眺望著科學家們動作俐落地求取直徑。

「另外還有其他方法，不過把費事程度也考慮進去的話，一開始該嘗試的方法是這種——看來算出結果了。」

行動一展開，真的在轉眼間即告完成。所有工程結束，奈茲納站到代表直徑的兩條繩索交會處。此時——在那個瞬間，士兵們懷中的精靈同時產生反應。

「……！博士，精靈們！」

「又指出了另一個方向！這次是西北！」

伊庫塔和約翰接連喊道。阿納萊點點頭，從鼻孔裡哼了一聲。

「這代表破解了第一道問題嗎？相當巧妙的設計啊。」

老賢者諷刺地說，和科學家們立刻開始準備動身。夏米優心想自己這些人也得回到馬車上，看向離得最近的露康緹示意。

「……陛下。我再怎麼思考，還是對剛才的說明一頭霧水。」

但沒等到她開口，女騎士眼泛淚光的臉龐已近在身旁。

「……便是如此，露康緹。如同剛才說明的一般，因為三角形的內角和為一百八十度……」

「嗚唔唔唔唔……！」

在再度上路的大馬車內，當夏米優正在教導著露康緹了解圓的性質這道難題時，其餘三人看著她們的模樣，回想直至方才為止的事情。

「……吶，伊庫塔。」

「…………」

「我不像你，沒有仔細地看過聖典。所以我想確認……神的試煉都會突然問起幾何學問題嗎？」

伊庫塔搖搖頭回答約爾加提出純樸的疑問。

「如果會的話，神官們傳教的內容應該會更有看頭一點——阿爾德拉教所說的試煉，原則上都是忍受艱辛。思考各種點子試圖解決狀況，反倒被視為人類的膚淺小聰明遭到忌諱。不，甚至被描寫成會導致事態惡化——」

「——阿爾德拉教對於『人類的知識進步』本身抱持猜疑、否定的態度。其教義充滿某種認命感和無力感。比起聰明，其思想特性更推崇過於正直的忍耐——這種思維是怎麼培育出來的？」

幾乎在同一時間，在齊歐卡外交官們同乘的馬車上，也正以執政官阿力歐・卡克雷為中心針對幾乎相同的主題進行對話。

「例如可以這樣推測。從前，神曾經一度、或者是二度三度體驗到莫大的挫折。某種聰明反被聰明誤的遭遇。儘管我不知道詳情以及那是多久以的事情——說不定在阿納萊博士提倡『科學』的那一刻，對於神來說科學並非初次目睹的概念。在發現神會算幾何學的現在，此一可能性更高了。」

阿力歐說完後抿嘴一笑。由於這番話與其說是推測更像思考遊戲，外交官們不知該如何回答。

其中一人說出更切身的問題。

「可是閣下……對於像這樣的大事，採取和帝國軍聯合調查的形式妥當嗎？既然是阿納萊博士的發言造成這個狀況，我想同樣的關係在我方與拉・賽亞・阿爾德拉民兩國之間也是成立的……」

「很難講。儘管不清楚作為關鍵的神有何意圖而無法判斷，三國代表齊聚一堂或許也是條件之一。目前帝國那邊的精靈也出現和我方精靈相同的變化。就算不是這樣，以一國之力追查和集兩國之力追查，壓力自然也有所不同。」

外交官們抱起雙臂沉思。阿力歐沉穩地勸誡著無論正面或負面來說都積極地想確保權益的他們。

「我明白你們想獨占成果，要是做得到，我並無二話。然而——最好別忘記，我等目前面對的是完全未知的存在。伊庫塔．索羅克元帥率領的帝國軍是十分可靠的合作對象。最重要的是，他會主動與阿納萊博士協調行動，這一點非常好。因為沒有打亂整體的協調，調查人手就變成兩倍了。」

唉，孩子之間難免有些爭執——男子笑著補充。這句話顯然是指其養子約翰和帝國軍元帥伊庫塔．索羅克的關係，卻無法看出他對於那個事實有何想法。

「無論如何，這裡已成為科學家們的戰場，我們政治家就別太出風頭了——其實，那位老賢者對齊歐卡有多少歸屬意識也值得懷疑。如今帝國的狀況與當初遭受迫害流亡至我國時截然不同，我不太想做出惹他不快的舉動來。」

「既然如此，更不能放任……！」

外交官們焦慮地反駁。但阿力歐斷然搖搖頭。

「正好相反。想用項圈拴住阿納萊．卡恩是不可能的。這幾年我痛切地感受到，他的才能與自由密不可分，那位老賢者不依傍自己之外的任何事物。如果企圖強迫歪曲他的生存方式，他轉眼間就會像一條狡猾老道的魚般從手中溜走。」

阿力歐輕輕聳肩——擅長看穿他人本質加以誘導的他，終究也無法在阿納萊．卡恩身上找到足以籠絡的破綻。與阿力歐關係密切的外交官們吃了一驚。剛剛的舉動，表露了在男子人生中極其少見的服輸之意。

「我們只不過是他的贊助者。站在這個立場該做的，就是持續從國家層面保障他們這些科學家得到好的待遇。光是這麼做，效果就勝過任何項圈，能將他們永遠留在齊歐卡。」

豎起一面白旗不會撼動阿力歐．卡克雷的方針。改變不了的事物就當成改變不了的事物擱置，在此一前提上摸索最大限度加以利用的方法。政治的要訣不是改變什麼，而是把改變不了的東西盡可能置於控制下——豐富的經驗讓阿力歐釐得清這一點。

「僅把親手探究未知當成人生的糧食，不接受任何誘惑或誘導——這位老先生實在和我很不投緣啊。」

就算這樣，能利用多少就要利用多少。包括這寬闊的胸襟在內，男子是個徹頭徹尾的政治家。

後來，一邊照精靈的指引行軍，一邊在各個所到之處不斷解決「神」提出的問題的日子揭開序幕。在第二個問題剛出題不久時，阿納萊在帳篷召集弟子們討論往後的大略行動方針。

「——關於圓周率怎麼設？我們平常是將用正九十二邊形得證的 3.14 當作近似值。」

「這是現階段最具實用性的數值，在出題者沒意見之前就照用吧。」

「你應該掌握了所有幾何學公式吧？索羅克元帥。我可不想到了這個節骨眼才被人扯後腿。」

「少將閣下才是，起碼知道三角形面積的算法吧？我這個做師兄的可以親切地指導你喔？」

事情發展成這樣，要某兩個人不相互競爭反倒不可能了。神拋出的題目隨著次數累積難度愈來愈高，他們開始動用所有知識認真解決。

「阿納萊博士！這裡和這裡果然是相似！」

「阿納萊博士！線段ＦＧ的長度，果然有高度補正的誤差！」

兩人每當部隊停下來就跳下馬車指揮士兵散開，看出問題內容後立刻思考解法，尋求阿納萊博士的判斷並當場實行。當然，所有工程都以最迅速與效率最佳的方式進行。

回答本身的對錯不用多說，直到找出答案為止所花的時間、實行之際花費的工夫與成本、構想的獨創性和藝術性——伊庫塔和約翰毫無節操地生出所有衡量標準，相互競爭優劣。這幾乎是在動腦打架。

「這種解法既不優美又有太多冗贅的地方！我想到的解法顯然更加優秀！」

「圖形拼圖就該機械化的去解！等著點子靈光一閃的時間太浪費了！」

「這裡和這裡的角度矛盾！你的部下連一次測量都做不好嗎？」

「這麼點測量誤差你們自己修正掉吧！現場測量跟在書桌前用功念書可不一樣！」

兩人不斷互相痛罵，宣洩彼此的不滿，同時也比其他科學家都更迅速地持續解決神提出的問題——倒不如說，沒有哪個好事的人想介入他們的競爭。理由非常單純。無論誰都想像得到，衝進兩個正在高速迴轉的齒輪之間會有什麼下場。

「……真虧他們吵得那麼凶，調查進度卻順暢無阻。」

「速度反倒還變快了，因為他們一天二十四小時都在煽動對方！」

「……我本來打算促使他們發揮自制別吵下去，可是……」

情況變成這樣，就連夏米優、瓦琪耶、約爾加三人也只能保持距離在一旁關注。不只他們，約翰的親信也一樣。

「……我、我該怎麼辦才好……」

「沒什麼好怎麼辦的。看樣子局外人別隨便插嘴比較好。」

米雅拉不知所措地無事可做，哈朗則徹底擺出了旁觀態度。

在各懷心思的他們背後，唯獨阿納萊一個人臉上浮現發自內心感到欣喜的笑容。

「咯咯咯——看你們兩個這樣活力十足，好極了。」

自試煉開始後第十七天的傍晚。各部隊已做好露營的準備，這一天也和宿敵盡情對戰過的約翰返回陣營，在帳篷中等候的米雅拉起身迎接。

「辛、辛苦你了，約翰。調查進展看來很順利——」

「順利個頭！今天也有一個問題被那傢伙解開了！」

約翰用煩躁的語氣打斷她的話，滿臉不悅坐在自己的辦公桌前。親信哈朗聳聳肩望著他。

「喂喂，不必那麼當真發火也沒關係吧？你的優秀事到如今根本不須證明，無論是哪一方解開問題，一樣都是有所進展吧。」

「不——解開問題的數量多寡，代表在這次調查中立下的功勞多寡。先不提『神』對此會如何判斷，光是外交方面的影響就無法忽視。你懂嗎？哈朗。我從今以後不想給那傢伙任何一點優勢！」

約翰加上一番道理來解釋，但離證明他的冷靜相距甚遠。他結束對話取出紙筆，把至今解開的問題一一列了出來。

「這樣有十二題……在一定程度上看得出出題的傾向了。到了這階段，應該多少能做些預測。給我等著瞧，索羅克，從明天起我不會讓你再得逞了……！」

白髮將領低語宿敵的名字奮筆疾書。哈朗看著他的背影舉手認輸，帶著另一名親信走出帳篷。

「看來不管我們說什麼都沒用。他和伊庫塔．索羅克見面時總是那個樣子——唉，雖然對方較真的程度也跟他不相上下。」

哈朗如此說道，憑天生的高個子從高處視角注視著帝國軍陣營。另一方面，米雅拉因為和長官沒辦法好好溝通，一臉消沉沮喪地低著頭。

「別露出那種表情嘛。換個角度想想，這也是個好機會。這樣天天見面，約翰也會稍微習慣對方的存在吧，下次在戰場上相見就能冷靜面對他了。這情況在三國會議的延長線上發生，對我們來說算是相當幸運。」

哈朗以悠然的態度樂觀地想。米雅拉幾乎沒聽進去，用微弱的聲音吐苦水。

「按照現在的情況……我對約翰沒有任何幫助。」

「說什麼傻話。貼身警備、照料這一趟帶來的士兵們、管理後勤部——正因為這些事務交給妳負責，約翰才有餘力跟人較勁。妳帶來的幫助太多了。」

「就算不是我，這一切別人不也辦得到嗎？」

「沒有人能做得和妳一模一樣。無論是文件的寫法、訓斥士兵的方法都一樣。無論好壞，那就是約翰所需要的。不對嗎？」

眼見不斷以不加矯飾的讚賞鼓勵她，她的神情依然鬱鬱寡歡，哈朗牽起米雅拉的手在黃昏的野營地往前走。

「妳實在太鑽牛角尖了，歇口氣放鬆一下吧。那邊正好有個活動。」

兩人穿越四處升起的炊煙，很快抵達與帝國軍地盤的交界處。兩軍士兵們在那裡設置了一片寬敞區域，手持武器的大批士兵分別依兵種在打靶或練劍。周遭的觀戰者們時而發出奚落聲，或者當有人表現精彩就迸出一陣歡呼。

「……這、這是什麼情況？齊歐卡兵和帝國兵混在一塊，場面看來很熱鬧……」

「一點餘興節目。不同於如魚得水的科學家們，士兵們一直閒得發慌。比起在調查空檔一直讓他們乾等，募集志願者辦場友誼賽不是更好嗎？——聽說索羅克元帥在白天如此提案。」

「什……！齊歐卡和帝國正在交戰啊？哪來的友誼可言！」

「因為執政官大人一口同意了。唉，別想得太嚴肅，當成兼具示威功用的互相刺探不就行了。」

在隱瞞了該掩蔽的機密之餘，還是多少看得出雙方士兵的水準到哪個程度吧。」

哈朗說著笑了笑，然而他盯著帝國兵動作的眼神非常犀利。米雅拉也不得不把注意力投注過去。遲早要相互殘殺的對手正在展示本領，沒有理由不趁這個機會觀察一番。

他們觀看了一會，哈朗突然發現每個兵種的氣氛熱烈程度不同。

「劍術那邊場面很熱烈啊。過去瞧瞧吧。」

「不，我——」

「好了好了。」

體格壯碩的將領再度牽起同袍的手邁開步伐——在他們目光所及之處，敗給對手的勁道而彈飛的木劍飛上半空。

「——到此為止！勝利者，帝國陸軍上尉露康緹．哈爾群斯卡！」

裁判高聲地宣布勝負。帝國士兵們霎時間發出歡呼，齊歐卡士兵們則沮喪的呻吟。

「幹得好～哈爾群斯卡上尉～！」「這就是帝國軍人的骨氣！拚盡全力吧～！」

「……好強啊。她已經連勝八人了。」「怎麼能認輸，下一場換我上！」

正在待命的齊歐卡兵們被同伴的戰敗激發鬥志，接連提出參加申請。在他們的目光所及之處，身著輕甲的帝國士兵等待著下一名交戰對手。

「喔～喔～咱們的兵遭到連敗了？對手……看來是女人啊。」

「女人——？」

這句話令米雅拉臉色大變地走上前，哈朗按住她的肩膀阻止了她。

「冷靜點，她的武器不是雙刀也沒有炎髮，至少不是伊格塞姆家族的人。不過這張臉孔在女皇身邊看過好幾次……」

在兩人注視之下，氣勢洶洶的劈砍過去的齊歐卡兵被整個人打飛出去摔在地上。當他慌忙起身，對手的劍尖已準確地停在眼前，裁判立即宣判比試分出勝負。哈朗吹了聲口哨。

「咻～又贏了——喔？她主動過來了。」

對方的視線不知不覺轉向他們，堂堂正正地大跨步愈走愈近。左右兩條髮辮隨風飄揚，取得九連勝的帝國兵站到兩人面前端正地敬禮。

「初次見面！下官是帝國陸軍上尉露康緹・哈爾群斯卡，搭檔是水精靈尼基。兩位看來是齊歐卡的將領吧！」

「是、是的……我是齊歐卡陸軍少校米雅拉・銀，搭檔是水精靈亞歐。這位是我的同袍塔茲尼亞特・哈朗。」

「承蒙兩位告知姓名，實在惶恐。冒昧再請教一個問題——妳腰後的佩刀，可是亞波尼克和刀？」

露康緹看向對方腰際詢問。米雅拉瞪大雙眼點點頭。

「……是的，沒錯。真虧妳看得出來，刀幾乎都被身體遮住了啊。」

「果然是這樣嗎！除了刀柄獨特的樣式，妳佩刀時的腳步，不管怎麼看都不是尋常人物。因此下官心想，這就是曾聽說過的亞波尼克劍客嗎！」

女騎士連連點頭，對於自己眼光正確而感到欣喜。然而，米雅拉搖搖頭。

「我尚有粗疏之處，請別稱我為劍客……也就是說，妳對亞波尼克的劍很感興趣嗎？」

「是的！如果有幸，還請務必指點！」

露康緹直視著對方請求。她眼中閃爍著期待與強敵較量劍技的光芒，絲毫沒考慮過遭受拒絕的可能性。

「…………！」

米雅拉胸中突然湧現一陣煩躁……那張無比天真無邪又坦率，看起來和苦惱無緣的臉龐毫無陰霾，對於此刻抱有許多掙扎的她來說太過耀眼。

「……無妨。既然妳這麼希望，就由我來奉陪吧。」

回過神時，那句話就脫口而出。無論哈朗在背後說什麼她已聽不進去，她和女騎士一起走向比試空地。米雅拉問裁判有沒有長度較短的武器，拿起短木劍擺開架勢面對露康緹。

「讓妳先攻，隨意出招吧。」

「那麼，堂堂正正地比一場吧——哈啊啊！」

露康緹爆發氣勢全力劈砍過去。米雅拉後退躲開了兩擊，倏然瞇起眼睛。

「好猛烈的氣勢。可是——很粗糙。」

「！」

她閃過一記橫掃逼近女騎士，女騎士霎時往旁邊一跳，被劍尖掠過側腹。當露康緹重新拉開距離再砍過來，米雅拉接下這一劍並抓住她的手腕把人拉近，同時使出掃堂腿讓她飛上半空。

「——！唔……！」

女騎士沒有勉強抵抗招式的勁道，順著向前摔的衝力脫離斬擊範圍。米雅拉凌厲地瞪著迅速地轉了一圈起身的露康緹，劍尖指向了她。

「翻滾得很漂亮。妳不習慣應付腿技？」

「似乎是這樣沒錯。沒想到竟然如此凌厲。」

露康緹語帶感動地說——連續兩次被對應技打中，一般人應該會想轉而當接招的一方，但她不是此時會退縮的人。露康緹相信下一波一定能打中對手，使出以刺擊開頭的連擊——米雅拉的劍擋下攻勢後，立刻掠過她的肩膀和上臂。

「——！」

「這是第三擊……雖然砍得不深，若是用真劍，每道傷都不只是皮肉傷而已。」

她說著重新舉劍。現在用的是木劍所以連血也沒流，但傷口出血本來是關係到勝敗的重要因素。失血會使人動作變遲鈍，導致集中力下降。特別是進入長期戰時，這些損耗的累積會愈來愈鞏固敵我的優勢與劣勢。

「大開大闔的揮劍，使得妳的體力消耗更加劇烈……如果還要繼續打，接下來會愈來愈吃力。」

米雅拉從頭到尾只用對應技，將動作保留在最低限度，必然在體力方面也有餘力。露康緹很清楚這一點，依然果敢的殺了過去——但米雅拉游刃有餘地躲閃所有攻勢，從中找出細微破綻插入攻擊。

儘管尚未出現決定性的一擊，戰況正一點一點地倒向對女騎士不利的方向。要是對手因此畏縮不前米雅拉也能痛快地出口氣，露康緹卻毫無這種跡象。她直率地以勝利為目標挑戰自己的身影，令米雅拉心中湧現某種超越煩躁的情緒，衝動地開口。

「這是我的自言自語，妳不聽也無所謂——我的兄長是遠比我優秀得多的劍士。這把小太刀原本是以兩手施展的雙刀，兄長則是雙刀高手，實力比同門的任何人都更強……從前我一直深感自豪。」

「……雙刀的高手嗎？……聽到這句話，下官會想到雅特麗大人。」

露康緹趁著拉開距離的時機回答。她說出的名字，讓米雅拉的表情明顯地扭曲起來。

「是的，會想到她吧——就是雅特麗希諾．伊格塞姆用落敗結束了兄長的生涯。雖然只能想像他們之間有過怎樣的交鋒——實力高強的兄長落敗，代表銀一門累積的成果在伊格塞姆的劍面前被徹底粉碎。我想一定是這麼回事。」

哥哥絕不會以無聊的方式輸掉。既然如此，他大概是使出渾身解數仍比不上對手——基於對兄長堅定不移的信賴，米雅拉得出接近真相的結論……但就算如此，失去兄長的沉重事實也不會改變。

「同門師兄的戰敗，必須由作為師妹的我討回來……可是，我的實力遠比兄長遜色，挑戰雅特麗希諾．伊格塞姆等同於自殺。我有必須活著達成的使命，不能為了一樁復仇喪命。然而，當容許我復仇的時刻到來，我總有一天必定會——我拿這個想法當藉口說服自己，一直迴避向她挑戰。」

話聲一落，米亞拉再度和露康緹交鋒，被削掉的木劍碎片化為塵埃飛散半空。

「不過——在我延遲復仇期間，雅特麗希諾．伊格塞姆死了。而且是死於槍口而非劍下。最強的稱號絲毫不曾褪色，她就這麼擅自前往再也無法觸及之處。

……這件事……像這樣子——未免太狡猾了！」

米雅拉放聲吶喊，第一次主動揮劍砍去——又聲東擊西使出腳刀重擊女騎士胸口。隔著輕甲也傳遞過去的衝擊，迫使露康緹踉蹌數步。

「我無所謂。不管再怎麼掙扎，我也達不到最強境界。可是，兄長——兄長的人生算什麼？僅僅為了輸給伊格塞姆，僅僅為了成為她傳說篇章中的一頁，難道這就是兄長的生涯嗎！難道要我認同這種事情嗎！」

米雅拉很清楚自己在遷怒，卻無法停止。她心中積鬱過多，忍不住宣洩在眼前無邪的少女身上。真是個過分的女人，正當米雅拉貶低自己時——露康緹的嘴角浮現完全不合時宜的微笑。

「……真、羨慕、令兄……」

「——妳說什麼？」

米雅拉臉色大變地瞪著對方。女騎士不畏她的危險氣勢，重述了一遍。

「下官說，真羨慕他……能堂堂正正地和雅特麗大人較量劍技，在戰鬥中結束一生。那是——作為一名武人，在想像範圍內至高無上的死法之一。」

「——！妳胡說什麼——！」

米雅拉一劍砍去要對方閉嘴，被露康緹勉強地擋下。雙方殘餘的體力應該已出現巨大差異。米雅拉篤定這一點，企圖揮劍聲東擊西再以腿技追擊一決勝負——

「——儘管如此，既然妳賭上對兄長的驕傲而戰，下官也不能輸！」

就在米雅拉抬起一腿準備飛踢的瞬間，露康緹看準時機鼓起渾身之力衝撞過去彈飛了她的身軀。抓準對手尚未恢復平衡的剎那間破綻——露康緹賭上一切揮劍砍去。

「哈啊啊啊啊啊！」

「——嗚！」

沒有站穩無法接下這一記從頭上往下砍的猛擊。但也沒辦法閃避，沒有餘地施展技巧。在這種狀況下，米雅拉選擇抱著同時中劍不分勝負的覺悟砍向對手的手腕。在被擊中前先行得手，這是唯一的方法。就算用的是真劍，她應該也會做出相同的選擇。

就在重擊彼此的身軀前，木劍戛然而止，雙方停劍的距離和時機完全一致。觀眾們緊張地屏住呼吸。如果這不是友誼賽，而是實打實的決鬥，任何人都無法判斷勝敗。

「不……不分勝負……？」

裁判面露困疑之色地說出判決。一聽到這句話，兩人當場癱坐在地上。當專注力與緊張感放鬆時，人總會不由分說地脫力坐倒。

露康緹重新面對交鋒的對手，接著還沒說完的話題繼續道。

「家兄在北域動亂中陣亡，聽說他是在混戰中被人瞬間割喉。儘管是榮譽的戰死沙場——和令兄相比，的確欠缺了幾分作為武者的輝煌。」

「…………」

「不過，家兄的優點顯現在截然不同之處。雅特麗大人說過——在北域動亂的戰場上，家兄比任何人都更加貫徹了騎士之道。不分卡托瓦納民族或席納克族，他保衛民眾，哪怕是友軍也不允許他們對一般人施暴。雅特麗大人表示，家兄直到最後都是堅定不移的騎士。」

露康緹打從心底深感驕傲地說，望向在交手前先放到地上的水精靈尼基。她在亡兄丁昆留下的搭檔精靈身上，看見了兄長昔日豪爽的笑容。

「再加上——為家兄送終的人，正是雅特麗大人。作為一名騎士奮勇戰鬥，保護民眾和同伴到最後，並由那位大人見證這樣的生存方式。這也是——身為一名騎士，所能想像得到的至高無上死法。」

「…………」

「人的死法受到生命的軌跡引導。不過，人的生存方式絕非只有一種。下官和家兄一樣，期望作為一名騎士活著，作為一名騎士死去——但米雅拉大人想怎麼做呢？」

當她問出這個問題，米雅拉彷彿被一箭穿心般僵住不動。

「——我……」

答案明明很清楚，她卻無法當場說出來。支持約翰，引導齊歐卡這個國家走向繁榮——這明明應該是優先看重武門名譽的米雅拉的夙願才對。

露康緹直盯著對方僵硬的模樣，露出沉靜的微笑。

「擁有比名譽與使命更重要的事物，並非需要感到羞恥之事。」

她溫柔的光芒，映照出米雅拉始終忽略不去看的內心想法。

「大家都是為了自己由衷認為無可取代的事物而賭上性命。無論是武門的榮譽、帝國的兩千萬民眾或者心愛的人——我認為說到底都是一樣的。」

女騎士溫柔的話語讓米雅拉心生畏怯。因為一旦接受這種想法，她就不得不從根本重新審視自己的生存方式。

「所以，妳可以更坦率地對待自己的感情也沒關係。」

露康緹嫣然一笑用這句話作結，拿著木劍起身。

「今天這一戰，實在是極有意義的比試。下官會藉由這個經驗持續鑽研，衷心期盼未來還有機會再度交手。」

她說完敬禮之後，轉身走向帝國軍的陣營。那一瞬間，米雅拉在腦海中戲劇性地把幾個事實串聯起來。北域動亂、亡靈部隊負責的任務、女騎士口中的兄長死法——所有要素暗示了一個答案。

「——請等一下！妳的……殺害妳哥哥的對手叫什麼名字？」

女子彷彿受到預感驅策般問出口。露康緹停下腳步，半回過頭看著米雅拉。

「聽說是位名叫尼路瓦·銀的武士——就算知道了，沒活到相遇的那一天也無從交手，想復仇也難以如願啊。」

女騎士為難地笑了。她再度轉回前方，這次不再回頭地離去。目送她的背影離開，一滴淚珠滑過米雅拉的臉頰——多麼愚昧啊。為什麼一心認定只有自己置身於這種境遇中？

她什麼話都沒說。也沒有對人口吐怨言。要說責怪自己、要說感嘆世事荒謬無理遷怒他人的資格——那個女孩明明才有資格這麼做啊。

大致觀察過友誼賽的情形後，伊庫塔回到夏米優等候的馬車上一趟。和約翰一樣，他白天與科學家們全心投入神的試煉，晚上還得處理元帥的職務——但他不會拿這個理由減少與夏米優見面的時間。

「……啊～……雖然說因為氣溫低沒注意到，實在流了不少汗啊，我去擦擦身體。」

伊庫塔進入車廂正要坐下時發現這個事實，打算先到馬車外擦汗。夏米優慌忙地從背後叫住他。

「等等，索羅克。我來擦。」

「嗯？」

「要是汗水在外面的寒意中一冷，得了感冒就麻煩了。而且……不知道你是否還記得。在你臥床時期，相同的事我曾做過無數次。」

夏米優這麼說著，將青年留在車上……對於現在拄著拐杖走路的他來說，連上下馬車都得花一番功夫。她不希望他為了擦身體這種小事勞累。

聽到少女的提案，伊庫塔考慮了一下。

「……那麼，拜託妳擦上半身吧。」

「嗯，包在我身上。坐到床邊，脫掉衣服放輕鬆。」

少女鬆了口氣要青年坐下，準備好一深口盆的熱水與擦手巾。東西準備齊全後，她跪到床上，一邊留意別灑出熱水，一邊繞到伊庫塔的背後。

「…………嗚……」

青年裸露的背部近距離映入眼簾，她的視野霎時間暈眩了一下。只不過是擦身體，兩年來早就習慣了──夏米優本來這麼覺得，這才體認到她習慣的只是那沉默不語的伊庫塔・索羅克。

每擦拭一下，青年的體溫和心跳便透過布料傳來。指尖一一感覺到刻劃在他肌膚上的舊傷，想起了他受傷的經過……有些傷痕看來是在戰場上留下的，有些看來是童年太調皮付出的代價。傷痕裡藏著他的歷史、他的生存方式。夏米優泫然欲泣。明明只是擦身體──愈是擦拭，她對青年的憐愛就愈加強烈。

「……擦、擦完了。你可以穿衣服了，索羅克。」

「嗯，謝謝。感覺真清爽。」

夏米優勉強維持著自制心結束作業，抱起熱水盆和擦手巾匆忙地下了床。她不知道自己正露出什麼表情，甚至害怕面對青年。

可是——當她把用品放在桌上小心翼翼地回過頭，伊庫塔本人已經換了新襯衫坐在床上。他面露柔和的微笑，輕輕展開雙臂。

「來，可以喔。」

他拋出簡單的一句話，要少女到他懷中。夏米優屏住呼吸。她動彈不得的呆立在原地許久——最後一步、一步挪動著顫抖的雙腳走過去，靜靜依偎著青年肩頭。

伊庫塔環抱住她背部的雙臂微微加重力道。和以前的擁抱截然不同，這是個彷彿充滿包容的溫柔平靜擁抱。夏米優以全身接受那無上的幸福，悄然開口。

「……為什麼……知道呢……？」

「嗯？」

「為什麼，你總是能看穿……我……那個……」

「那個？」

「……想要被緊緊擁抱的時機……」

少女滿臉通紅地問。這番話聽得青年微微一笑，如此回答。

「其實啊，夏米優。我想妳沒有發現……當妳每次抱著那種心情時，耳垂一定會發紅。」

「咦——」

聽信這番話的少女慌忙摸向耳垂。與她近在咫尺四目相對的伊庫塔見狀輕輕吐舌。

「假的啦——答案是，因為我很認真地看著妳。關於妳的事，像這點程度我自然知道。」

接著，他這回才說出真正的答案。啊啊——夏米優一聽到這句話就發出近乎哀鳴的叫聲——他發現了。心中一直懷抱的模糊不安，此時終於得到清晰的答案。

伊庫塔看穿了所有的一切。他早已看穿她對他抱持的感情的真面目、看穿那由思慕與執著與情慾混雜而成的感情泥沼，什麼也沒遮掩住。

無論是像這樣溫柔的擁抱，或者不時出現的激烈互相接觸——青年總在少女渴望不已時給予一切。就算撕裂她的嘴，少女也說不出口「我想要你這樣做」，因此青年因應她的心情，在每個時機給予她當時所尋求的關愛。有時候像個父親、有時候像個哥哥、有時候像個情人。

「不過，我或許也有不小心錯過的時候。如果妳想要些什麼，能夠確實地說出口告訴我，我會很高興喔。」

於是，伊庫塔像是補上最後一擊般告訴少女。妳沒必要忍耐。有想要求我做的事，就沒有顧忌地去渴求吧，青年說。無論是基於何種念頭的慾求，他都不會拒絕。他唯一無法原諒的事——只有少女試圖傷害自己而已。

「呼～感覺有點熱。是不是該做個結束了？」

伊庫塔甚至在徹底揭露少女內心的祕密後，用壞心眼的口吻這麼說。他慢慢收回擁抱少女的手臂力道。剎那間——夏米優環抱住他的背，直接用盡全力投注在雙臂上，彷彿在表明還沒抱個過癮，這兩年以來，她還是第一次積極地表現出任性來。

「……再一下子……」

開心房。

「說得很好。」

伊庫塔面露微笑，摸摸少女的頭——臉上絕不透出心中的焦慮，青年就這樣等待著少女逐漸敞開心房。

「——啊～總算做完了～！」

瓦琪耶充滿解放感的聲音在帳篷內迴響。在白天的調查之外，處理屬於文官的職責與同事們並肩寫完報告書與日誌等文件後，她今天的工作才總算告一段落。

「大家辛苦了！好了～來去找夏米優吧～」

「——？喂、喂！等一下！」

當白衣少女意氣昂揚的轉身要走，已經做完今天工作的單邊眼鏡青年慌忙留住她。瓦琪耶愣愣地轉頭看他。

「？怎麼了，約約？」

「還什麼怎麼了，妳白天見過陛下好幾次了吧！妳對待陛下的態度本來就太厚臉皮了，至少晚上也該讓她和伊庫塔一起安靜休息！」

約爾加根據極為符合常識的感性提醒道。瓦琪耶頓了一下，明白了他的憂慮。

「啊……你說得對，的確沒錯。現在去見她，可能會撞見非常尷尬的時刻。謝謝你提醒我，約約。

我太粗心了。」

瓦琪耶敲了頭側一下。知道現在不能去看朋友，少女轉眼間變得垂頭喪氣。

「也就是說～今天不能抱抱陛下就要睡覺了……好寂寞……好傷心……」

「忍著吧。明天一樣要調查，不會缺少談話對象吧。」

「我在白天已經跟科學家們聊夠了啦。我現在超級想跟關係好的女生直言不諱的暢談一番！超～級～想～」

沒得到滿足的需求令少女胡亂揮舞手腳。無法看著其他文官被添麻煩不管，約爾加帶著她走出帳篷。他一邊走在夜間的陣營中一邊安撫瓦琪耶，少女突然露出靈光一閃的神情。

「對了，去找露露吧！她說過今晚不用當班擔任近衛！」

「我會全力阻止妳。連偶爾休個假也得陪妳未免太殘酷了。」

「討厭啦————！」

想法馬上遭到封殺，瓦琪耶表現出激烈的挫折。約約耐性十足地應付著她，不久之後，女皇使用的大馬車輪廓在視野一角浮現。

「唔～真是羨慕……現在夏米優和伊庫塔哥正在車上緊抱成一團難分難捨……黏踢踢濕答答的……」

「明明叫妳別做那種低俗的想像了……首先，真會這樣嗎？」

停下腳步遠遠望著大馬車，約爾加小聲地說。

「自從到皇宮任職以來過了一段時日，我到現在還不懂他們倆的關係。看起來像親子、像兄妹也像情侶……不過，我總覺得他們之間總是存在著某種不屬於任何一種關係，難以拭去的氣氛。」

聽到他所說的印象，瓦琪耶用手指抵著唇瓣思索。

「嗯～……我認為你剛才說的全都是正確答案。」

「啊？」

「就是說，我認為伊庫塔哥在扮演所有角色。無論是父親角色、哥哥角色、情人角色——他在提供夏米優需要的一切。」

這出乎意料的意見令約爾加瞪大雙眼。瓦琪耶重新轉向他，嚴肅地繼續道。

「我要說個非常理所當然的事實——夏米優喜歡伊庫塔哥。而且不是普通的喜歡，她的喜歡強烈到無可救藥。那孩子身心的一切都渴求著伊庫塔哥，渴望到連像這樣說出口都讓人遲疑。包含思慕與憧憬與情慾與罪惡感與一切在內，她都希望得到伊庫塔哥的回應。」

瓦琪耶憑藉天生的直率表現，將當事人絕不會說出口的內心想法化為言語。在對那股熱烈感到畏縮的青年面前，少女憂慮地嘆了口氣。

「離題一下——夏米優的人際關係其實十分狹窄。她幾乎沒有能夠對等相處的朋友，也很少有大人能親如家人般地聽她說話。她只有許多臣子，每個臣子都畏懼她而保持距離。女皇的地位令人孤獨。當然，『騎士團』成員與我們是少數例外，但她也沒對我們敞開心房到『什麼話都能跟這傢伙說』的程度吧。」

約爾加神色複雜地頷首。在宮中度過的日子，已讓他痛切的感受到要接近女皇的心有多困難。

「在這種情況下，只有伊庫塔哥陪伴著夏米優的心。我認為他們兩人之間有變得如此親密的理由。不過……那個事實本身近乎奇蹟。只要她還是女皇，同樣能令她敞開心房的人就無法輕易地增加。」

瓦琪耶說出殘酷的事實，目光轉回大馬車。

「最難受的是，儘管如此，夏米優依然需要許多關係。那孩子甚至一直不被容許期望擁有對自己全心關愛的父母、能閒聊吵嘴的朋友、接納自己平常的心酸並給予擁抱的情人。然而，現在的夏米優需要這一切。瀕臨滅亡國度的皇帝，不是一個輕鬆到缺少這些支持也能持續擔任的重擔。」

約爾加一臉苦澀的點點頭，心中想著——夏米優背負的擔子有多沉重。十幾歲的少女，一個人背起了擁有兩千萬國民的國家的命運。這件事本身就極為異常。

「所以，伊庫塔哥在扮演一切。無論是父親、朋友、情人——甚至沒有餘地從這些角色當中選一個。

至於朋友角色，我想他在一定程度上交給了新來的我負責……但這點程度實在稱不上能讓她感到輕鬆。不過，這不是馬上解決得了的問題。只能花費時間增加讓夏米優敞開心房的人，慢慢地分散她依賴的對象。在那之前，只有靠伊庫塔哥個人的努力了。」

唉……少女言詞間流露出覺得自己沒用的意味，嘆了口氣。

「……而在這個前提上更加提高解決難度的是，夏米優想渴求伊庫塔哥也無法這麼做……」

「——是嗎？」

「嗯……那孩子心中有個煞車，根源大概是偶爾會被提起的『雅特麗』小姐的存在……哎呀～我也針對這方面做了些調查，起碼知道她是什麼樣的人物，不過愈挖掘她的經歷，就會冒出愈多『這未免太誇大了吧？』的消息……這麼說或許不太好，她是真實人物嗎？查詢資料的時候，我一直有種在看神話的感覺耶……？」

瓦琪耶邊說邊浮現乾笑，約爾加心中也深表贊同。由於從前有過幾乎撞見的時候，他也曾對雅特麗希諾．伊格塞姆這名女性產生好奇，在調查其經歷後的感想和身旁的少女一模一樣。

「無論如何，夏米優心中抱著對那位雅特麗小姐的愧疚，陷入想接觸伊庫塔哥也不敢接觸的矛盾中……但是，這等於是在口渴狀態下告誡自己『不准喝水』。人為了生存必須喝水。夏米優渴望伊庫塔哥的心情，就是如此迫切。」

瓦琪耶有力的斷言，胸中抱著無處宣洩的憤怒沉吟道。

「——話說，夏米優也到了青春期，跟喜歡得不得了的對象在一塊身體當然會起反應。這是無可奈何的事，應該採取應對的人反倒是伊庫塔哥。那必須察覺那孩子的需求，視若無睹更是免談。就算沒抱成一團做起來，沒展現出男子氣概那可就傷腦筋了。」

「這樣子叫伊庫塔要怎麼辦……不，那傢伙是怎麼處理的？」

擔心的約爾加忍不住問。瓦琪耶托著下巴回顧兩人的模樣。

「至少，現階段還沒走到那一步。如果發生的話，在氣氛上總是看得出來……所以，我猜是平常多來些身體接觸，視需要做點擦邊球的愛撫撫慰夏米優的心情吧？雖然是想像，伊庫塔哥很擅長這方面吧。」

他有好好在處理的證據，就是最近夏米優的情緒頗為穩定——少女這麼補充。她的分析聽得約爾加抱住頭。

「……這種關係聽上去有夠扭曲的。」

「或許沒錯。但是，這世上沒有人能責備他們的扭曲。」

瓦琪耶淡淡地斷然說道。儘管很清楚這個事實，青年還是往下說。

「……陛下的思慕之情該怎麼辦？伊庫塔關愛她，但並非男女之情。無論多少次肌膚相親，她的情意豈非都是一廂情願？」

「真叫人苦惱。這是我的個人看法——我認為在伊庫塔哥心中，一開始就等於沒有關愛與男女之情的區別。他看似非常豁達，也像感情停留在兒童時代沒有分化。或許兩者皆是吧。想到他的成長經歷也可以理解。」

「……那雅特麗希諾．伊格塞姆是什麼情況？陛下對於撇開已故的她和伊庫塔彼此接觸有罪惡感吧？」

「我想那份罪惡感有一大半是夏米優自己製造的。因為——如果雅特麗小姐符合我打聽到的情報，絕不會要求夏米優顧及已故的自己別跟伊庫塔哥要好，對她的希望應該正好相反。因為太過自責，那孩子並未好好接受雅特麗小姐的遺志。伊庫塔哥必須糾正這一點。既然夏米優無法渴求他，那就由伊庫塔哥主動觸碰她。」

瓦琪耶的言行徹頭徹尾膽大包天，聽得約爾加不禁咋舌——簡單的說，對瓦琪耶而言故人的遺志並非問題。她打從一開始便無從得知沒直接交流過的雅特麗希諾‧伊格塞姆的真實想法，因此一個勁兒地往對夏米優有利的方向解釋。為了拯救現在活在世上的朋友的心不擇手段——不論好壞，這就是瓦琪耶展現友情的方式。

「……伊庫塔也是男人，不會在身體接觸的過程中擦槍走火吧……」

「咦，你擔心這個？擔心固執地偏愛年長婦女，而且對女人閱歷豐富的伊庫塔哥擦槍走火？應該反過來才對吧？不是過度克制自己之後造成問題嗎？」

「…………」

這種的確也是一種看法。側眼看著更加煩惱的約爾加，白衣少女仰望夜空。

「唉，就算考慮到這一點，到頭來——即使加上一點情色服務，他始終是個保姆。伊庫塔哥他啊，本來就屬於沒抱著特別感情，也會應對方要求在身體接觸的延長線上做愛的類型吧。我覺得他把做愛當成是陪伴慰藉傷痛者的手段之一。他有段時間玩女人玩很凶也是這種感覺。」

「…………」

「對於真正心儀的對象，他大概會採取截然不同的牽絆方式吧。如果那個對象是雅特麗小姐——我看夏米優還是早點改變態度比較好。因為愛的次元不一樣嘛。這麼說不太好，但就連抱著罪惡感都是毫不沾邊。」

她的結論明快到殘酷的地步。戴著單邊眼鏡的青年啞口無言地發出沉重嘆息，瓦琪耶露出惡作劇的笑容向他開口。

「……心情很複雜？在不小心對我出手的某人看來更是這樣了吧。」

青年身體一僵，露出摻雜自責與悲傷的極度複雜神情看著少女。他還沒說話，瓦琪耶先用力擁抱了他。

「因為我自己就是這樣的人所以才這麼說——在對關愛飢渴的狀態下度過童年生活的人，長大以後往往貪求關愛。在關係變得足夠親近之後，就算我厚臉皮地抱上去，夏米優也沒有不情願的樣子吧？那也是反應之一……被人緊緊擁抱的舒服感覺，其實應該在小時候盡情體驗個夠才對。」

「…………」

「有時希望有人溫柔地摸摸頭、有時希望有人用力地緊抱著自己。在難受寂寞得無可救藥的夜晚，有時光是這些接觸還完全不夠——如果希望那孩子得到幸福，必須先滿足她。在教導或帶領之前，必須先滿足她啊。」

少女這麼斷言，使勁將臉龐抵在青年胸口。近距離感受著對方的心跳，她說出要求。

「得到滿足能使人改變。所以，約爾加——抱抱我？」

青年不可能有辦法拒絕。他以雙臂環住少女的背，那絕對稱不上壯碩的手臂發出驚人的力道緊抱住對方。瓦琪耶陶醉地閉上眼睛呢喃。

「——沒錯，我不想再失去此刻的這種心情了。因為沒有這股暖意的世界好冷好冷……」

彷彿要逃離寒冷的記憶，少女貪戀青年的體溫——兩人彼此依偎了良久良久。

科學家們一開始一天能確實地解開一道問題，多的時候還能解開兩道問題向前進。但隨著出題總數的增加，題目漸漸無法那麼簡單地解決了。不光是難度純粹上升，除了數學以外也開始問到地質學與生物學的知識，另外，在掌握問題前的收集數據階段需要大量時間和人手也成為當然的情況。

話雖如此，對於平常就面對不從人意的大自然做學問的他們來說，這反倒只是回歸日常生活。

沒有一個人吐苦水，白衣智者們秉持更旺盛的熱情來挑戰謎團，然而——

「…………」

「…………」

先不提那些。唯獨落入這種狀況中，對於黑髮青年和白髮將領雙方而言都出乎意料。

「……步調好慢。」

「……我看起來像是有辦法走更快嗎？」

不滿的抱怨在山路上此起彼落。四肢健全的約翰與拄著拐杖的伊庫塔，走路速度自然不同。兩人分別率領一個班來到這裡，進行解題的第一階段——把握問題所需的收集數據部分。

「……Ｈａｍ……你為什麼跑來這裡？」

「我哪知道。回去以後找阿納萊博士說啊。」

伊庫塔從鼻子裡哼了一聲拋下這句話，腦海中回想起到這裡為止的來龍去脈。

「──看來這一次，得在這一帶四處巡迴尋找線索才行。」

發現精靈的指引指向山林中時，阿納萊便召集科學家們討論行動方針。由於到目前為止，不分問題的內容都是在視野遼闊的地形，這可說是首次出現的模式。

「在近幾個問題中，精靈的反應變得越發複雜化。收集數據的作業是否該由我們親自前往，而非交給士兵們？」

約爾加舉手說出意見。若只是抱著搭檔四處走動，士兵們也能勝任，但解釋精靈臨場的反應需要科學家們的頭腦。沒有人提出異議，阿納萊也理所當然地點點頭。

「是啊。為了有效率地展開探索，在場人員分成兩人一組吧。首先──奈茲納，妳和巴靖一組。」

「我知道了。這次可別出紕漏喔，巴靖。」

「我、我會努力的。」

由這對老搭檔帶頭，帳篷內的科學家們迅速分成兩人組。約爾加也一派當然地和瓦琪耶同組，阿納萊指示的組別無論在誰眼中看來大致上都很妥當。

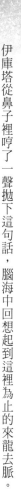

「……這樣是十二組。剩下的是約翰和伊庫塔你們兩個。」

不過，那也只到這一瞬間為止。兩名青年發現只剩下自己和另一個人沒在兩人組內，不禁瞠目結舌。

「……請等一下。」「博士，難道說——」

「就是這樣。你們組隊探索被分配到的區域。要帶護衛兵也無妨，但伊庫塔要自己走路，約翰也要配合他的步調，雙方都絕對別單獨行動。」

迅速的發號司令讓他們來不及反駁。兩人還企圖發言，老賢者像是補上最後一擊般補充道：

「順便一提，違背指示的話，我會把你們排除在以後的調查外——我要說的就是這些。」

「……失算了。我忘了阿納萊博士有時候比爸爸還更亂來……」

黑髮青年抱著頭自言自語。白髮將領走在他前方不遠處，從鼻子裡哼了一聲。

「真是難以理解的指示。和你組隊明明只會害效率變差。」

他邊說邊偷看伊庫塔的樣子。儘管碰到路況崎嶇不平之處會由士兵攙扶過去，伊庫塔設法保持著一定的速度前進。

「……」

目光轉回前方，約翰腦海中也想起半路上發生的一件事。

「——抱歉，閣下。能否重複一遍剛才的命令？」

在兩人獨處的馬車車廂內，約翰用顫抖的聲音詢問。他的養父流暢地重複道。

「你親口去邀請伊庫塔·索羅克加入我方。我自認是這麼說的。」

白髮將領難以置信的內容再度攤在眼前。他的心中一片混亂，拚命地想打探對方的內心想法。

「……這個……首先，理由是什麼？其次，是出於什麼意圖？最後，為何交給我來辦？」

「理由是，他加入我方在各方面來說很方便。至於意圖也一樣。交給你來辦，單純是我認為你很適任——因為你們其實有許多相似之處。」

青年再度聽得啞口無言。阿力歐微笑地看著他的反應繼續道。

「你們同為年輕的高階軍官，是拜同一個人為師的科學家。光是這樣的共通點就足以產生親近感了。再加上直到今天為止交手過許多次，也摸清了彼此的脾氣吧？其中有一次甚至扭打成一團。」

嗚，約翰不禁詞窮。那次打架是他有所自覺的嚴重失態，被指出來就很難再強硬下去。借這個機會彌補過失吧——一想到剛才的命令可能包含這樣的意圖，他難以搖頭拒絕。

「索羅克元帥——那名青年，性情沒有外表看上去那麼彆扭，倒不如說本質非常坦率純真。約翰，他和你很像。對我來說，是一定要掌握其內心的對象——很遺憾的是，他打從一開始就始終對我抱著防備，不管說什麼都很難撼動他的心。」

「…………」

「所以我想交給你來辦，約翰。只有去除邏輯和盤算、由衷而發的說服才能讓他聽進去。別耍任何花招，在他面前直接說出你對齊歐卡未來懷抱的希望就行了。連同你產生這個念頭為止的經過一起告訴他。」

和不共戴天的敵國元帥敞開心房談話吧，男子說道。當約翰心中產生強烈的抗拒感握緊拳頭時，阿力歐坦然地加上一句話。

「這絕非出自失敗也無所謂心態的邀請，我認為有不容忽視的勝算。因為——到頭來，他非常鍾愛像你這樣的人。」

「……！……這再怎麼說也太強人所難了，閣下。」

約翰想起一切，連連搖頭——就算是養父的命令，也有做得到與做不到之分。他在心中下了決定，將注意力集中到眼前的調查任務上。

「……四處巡了一圈，精靈都沒有反應。試著到更高的位置搜尋吧。」

「不好意思，我得在這裡休息一下才能繼續。」

「Ｗｈｉａ?」

「我的腿痛得愈來愈嚴重。儘管還不至於無法走路，再惡化下去就糟糕了。為了之後的行動著想，先在這裡休息乃是上策。」

伊庫塔隨意找了塊岩石坐下來。約翰有一瞬間想無視他往前走，又想起阿納萊說過的話——絕對別單獨行動。違背指示的話，我會把你們排除在以後的調查外——

「…………可惡！」

約翰面露苦澀地停在原地——他在調查成果方面與眼前的對手勢均力敵，不能在此時單獨被排除在調查成員之外。這樣等於是主動給予帝國外交上的優勢。

「話說，你的腿是什麼時候受傷的？在希歐雷德礦山見面時，你可是活蹦亂跳的吧。」

「講著這種話的你倒是跟從前相比一點也沒變，真遺憾。那張臉也是老樣子——」

正要以諷刺反擊的伊庫塔話聲戛然而止——越過樹木縫隙灑下的午後陽光映照出約翰·亞爾奇涅庫斯的側臉，那張臉龐喪失了大部分的生命力，看來像老人般瘦弱衰老。

「——不，你老了不少？」

黑髮青年邊說邊揉揉眼睛。當約翰皺起眉頭重新轉過來時，那張臉恢復成平常的模樣。然而——或許是受到一度目睹的光景影響，約翰的活潑在伊庫塔眼中彷彿蒙上了一層陰影。

「……你從哪裡看出來的？我一點都沒變，部下也這麼說。」

約翰沒有自覺地說。伊庫塔搖搖頭，嘆了口氣。

「……那就好。要說起來，你已經很久沒睡了吧。雖然沒詳細打聽過，你是從什麼時候開始不眠的？」

「我沒理由告訴你那種事。」

「兩年前內戰時被流彈打傷。」

悄然回答。

「？」

「就是我受了腿傷的時期與理由。看，我可是回答了你的問題嘍。」

伊庫塔先發制人。因為剛才的確這樣問過，約翰按理也得回應問題。他歪起嘴角苦惱了一會，

「……從十五歲開始。」

「意思是說超過十年以上了？你熬夜熬得真久。」

伊庫塔一臉無言地表達感想。白髮將領斷然搖頭。

「不——我反倒覺得太短……我在世能活動的時間已經過了三分之一以上。我實在不認為自己的表現足以配得上那段歲月。」

這番話並非謙虛，而是真心話。相對於他的理想，上天給予他的時間太過短暫。此刻他正在浪費寶貴光陰——那股焦躁驅使約翰瞪著眼前的對手。

「不過，其中有幾成是你害的……疼痛差不多該消退了吧？」

「好好好，這就出發。」

伊庫塔語帶嘆息地從岩石上起身。看見休息時間完畢，士兵們也結束稍息，兩人保持著剛才一樣的距離感在山路上前進。

同一時間。在同一座山的山腳，女皇一臉不安地站在草原上等待他們歸來。

「——不喝點茶嗎？夏米優。」

阿納萊端著冒著熱氣的茶走過來，遞給少女開口。

「不像帝國，這裡天氣很冷。一直站著不動身體會受涼喔。」

夏米優照他的建議接下茶杯，啜飲一口。多加了些糖的茶水甘甜溫暖，暖意彷彿緩緩地沁入暴露在冷風中的身體裡。

「…………阿納萊博士。」

「嗯？」

「……您為什麼安排索羅克和亞爾奇涅庫斯少將組隊？」

夏米優問出人人心中懷抱的疑問。阿納萊沉吟一聲開口。

「吶～夏米優。妳認為好意的反義詞是什麼？」

「——咦？」

發問卻被回以另一個問題，女皇愣愣地瞪大雙眼。阿納萊立刻繼續道。

「答案是漠不關心。有許多感情都會妨礙友情和戀情的建立，但其中最大勢力的就是這個。對於對方不感興趣、相處起來大概也不開心——人們會依據這種直覺挑選來往的對象。」

說得沒錯，夏米優點點頭。阿納萊望向眼前的山，咧嘴一笑。

「但是，妳不認為伊庫塔和約翰的互動和漠不關心相去甚遠嗎？」

「──────」

「看著他們倆很有趣吧。兩人從平常起就不是會無意義地爭吵的類型，反倒正好相反，擁有面對些許挑釁一笑置之的度量。平時冷靜的人，卻像那樣一碰面就水火不容，忍不住要對著幹。」

老賢者愉快地說，將握起拳頭的雙手碰撞在一塊。

「我將那種衝突稱作人格的化學反應。這本來是我們科學家的用語，泛指兩種不同物質接觸時發生的反應。有些物質會溶化在一起呈黏稠狀、有些會變得很堅硬、還有一些會猛烈地燃燒起來。最後一個例子，不正符合他們倆的樣子嗎？」

「……接觸就產生反應熊熊燃燒……嗯，確實沒錯。」

「反應的呈現方式五花八門──但每一種都是兩種物質結成一體過程中發生的現象。如同和沒興趣的對象交談聊不起勁，沒有結合的物質之間根本不會產生任何反應。反過來說，產生反應代表有機會結成一體。當兩種不同要素結成一體，意味著有可能產生某種新事物。」

老賢者以興奮的口吻說著，眼中清晰地浮現了對於未知的期待。

「我想看看他們之間化學反應的結果──安排伊庫塔和約翰組隊的理由純粹是為了這個。不，可以說從一開始就不需要理由。因為他們如今算是投入同一項調查的同伴了。」

愉快的聲調到此告一段落，阿納萊目光放遠仰望天空。

「啊，不過──談起這個話題，果然讓我想起當時的回憶。也就是我們和巴達同在旭日團時，年紀還小的伊庫塔和來基地遊學的雅特麗邂逅的往事。」

「…………！」

「他們兩人之間的反應也非常戲劇性。邂逅、彼此接觸、彼此了解——回過神時，他們已經比夫妻兄妹更加密不可分的結為一體。透過那般緊密連結完成的事物，可以說是合金。就像見證了一種兼具硬度、強度與韌性，比什麼都更加美麗的金屬完成。」

老賢者的一字一句都令夏米優的心發出哀鳴。在她拚命地掩藏時，阿納萊仍舊懷念地往下說。

「當然，那個合金沒有消失，至今尚在。經過化學反應達到穩定狀態的物質不會輕易分解。伊庫塔和雅特麗更不用說——無論溫度多高的熔爐，都無法解除他們的結合。他們從今以後也會一直合二為一地存在下去吧。」

阿納萊說到此處停頓了一下，再度開口。

「所以，夏米優。若伊庫塔愛妳——那就代表雅特麗也同樣地愛妳。」

「！」

少女瞪大雙眼。阿納萊依然仰望著遙遠的天空，深思熟慮地說。

「我能說的話不多。不過——唯獨這件事，妳能記住不忘嗎？妳能別做出誤判，接受她真正的想法嗎？」

對話到此中斷。老賢者不久後離去，而夏米優始終在胸中反芻著那番話。

當時間來到黃昏將至，差不多該考慮撤退的時刻，山中的兩人總算有了進展。

「……！精靈有反應了！果然在這上頭！」

站在斜坡上的約翰一手捧著出現反應的精靈搭檔喊道。他正要直接往上爬，被跟在後面的伊庫塔叫住。

「喂，等一下。我明白你想先登上山頂一趟掌握地形，但穿過這片灌木叢實在太蠻幹了。從那一側繞路，不管路況或視野都不錯。」

「你甘願為了區區一片灌木叢浪費時間？要是擔心路況不佳，按照我走過的路線跟上來就行了。灌木叢我也會清掉，對現在的你來說應該也應付得來。」

「……好吧，那也行。你這傢伙真夠匆匆忙忙的。」

伊庫塔臉上流露出認命的神情，和士兵們一起跟隨白髮將領前進。約翰大動作撥開擋路的草木，快步爬上斜坡。

「……！灌木叢比想像中來得茂密。索羅克！你有好好跟上來嗎！」

「有啊！誰叫某人的背影異樣地顯眼！」

「Ｈａｈ，很好！交給我來負責開路好極了！反過來的話，我搞不好會因為不想看見你的背影踩空呢！」

雙方邊互相諷刺邊向前走，約翰眼前出現一塊巨大的突出岩壁。他嘖了一聲，左右張望。

「這實在爬不上去……從左邊繞過去！跟過來！」

「……喔，知道了……！」

約翰被迫與擋路的草木搏鬥，同時往斜坡側面移動。他清理灌木叢時，伊庫塔趕到了身後。走路時沒有靠士兵攙扶，腳步有點不穩。

「……路況實在不太好。索羅克，千萬別踩空——」

「——嗚喔？」

約翰才回頭說到一半，就被伊庫塔的驚叫打斷。在白髮將領目光所及之處，黑髮青年的身軀大幅倒向灌木叢。

「索羅克！」

約翰迅速伸手抓住他的手臂，重量的負荷卻超乎預期。伊庫塔的腳已經踏空，身體正要落入掩蔽在草叢中的豎坑內。

「嗚——」「——！」

身體沒站穩與路況不佳。遭遇雙重負面因素，就連白髮將領也支撐不了一個人的重量——士兵們來不及伸出援手，他們就共享了跌落的命運。

「……喂，還活著嗎？」

「……那還用問。」

兩個聲音在黑暗的洞穴底部迴盪。確認彼此的存在之後，兩人一邊檢查傷勢一邊緩緩地坐了起來——儘管身上受了些擦撞傷，幸好沒有嚴重出血。

兩人的搭檔很快地同時亮起周照燈，朦朧地照出周遭的地形——半是如預測一般，此處是受到岩壁與土牆包圍的豎坑底部。儘管有光線從洞穴入口處照射進來，但距離他們站立的位置頗遠。

「……幸好斜坡在半途中變得沒那麼陡，不過還是滾落了好遠。離上方洞口大概有十公尺距離吧。」

「……Mum。與其說是岩石之間……不如說是掉進了狀似洞窟的凹坑裡。」

約翰說著仰望著他們摔下來的洞口。士兵們的聲音不斷從上方響起，但暫時沒有下來救援的跡象。至於理由一目了然。從洞口到下方落腳處的高度落差太大，一旦下來就沒辦法再爬上去。

兩人姑且先大聲呼喊通知部下們自己沒事，接著重新分析現狀。

「……看來很難自力攀登上去。要是他們能從上面垂下繩索就行了，但是——」

「……很遺憾，我方的護衛也沒攜帶類似的工具。士兵的行囊裡塞滿了測量工具等等，這裡乍看之下又不是需要攀岩的山。我也只帶了這點裝備。」

伊庫塔指向一個小背包說道。他對皺眉的約翰有些苦澀地補充道。

「更糟的是——剛才滾落洞穴時，我的腿撞到了突起的岩石，幾小時內恐怕動不了。」

伊庫塔根據疼痛的程度如此分析。約翰抵著下巴陷入思索。

「……總的歸納起來，目前的狀況是？」

「沒有繩索就無計可施，最好立刻派護衛下山求援。只是在這個時間出發，士兵們抵達山腳下時太陽就下山了。要他們摸黑折返山上風險太高，援助最快也得等明天清晨以後才能到。」

黑髮青年聳聳肩，背靠著岩壁。白髮將領的臉龐苦澀地扭曲起來。

「……太丟臉了。」

「人生難免會碰到這種場面——就算是你，也只能悠哉地等到清晨為止了。」

伊庫塔諷刺地笑著說。約翰又持續尋找自力逃脫方法好一陣子——在發現找不到法子後，深深地嘆了口氣坐到地上。

又過了兩小時後。隨著日落，從洞口照射進來的一絲陽光跟著消失。

「——嘿呦！」

伊庫塔將捕獲的蜥蜴從尾巴拎著，使勁砸在岩石上。確定蜥蜴徹底斷氣後，他按照烤魚的訣竅串起樹枝。看著他的動作，約翰皺起眉頭。

「……你要吃那個？」

「？蜥蜴可是大餐喔。不是什麼需要掙扎的選擇。」

伊庫塔這麼回答，開始在火精靈放出的火焰上燒烤蜥蜴——在洞穴上方的士兵們，用布包裹著火、風、水精靈各一隻放了下來，撐過一晚沒什麼不便之處。雖然也可以跟留下的士兵們分乾糧來吃，但他也不忍心害他們挨餓，便自己尋找食物。

「……你明明擁有足以擔任元帥的見識，與能和科學家們展開議論的聰明頭腦，卻把蜥蜴當大餐嗎？……雖然現在問也太晚，你是怎麼長大的？」

約翰一臉疑惑地拋出問題。伊庫塔歪歪頭陷入思索。

「……依時期而定差異太大，好難說明。由於我是團長的兒子，自然地學習了軍事知識，身邊又有那些科學家在，輕鬆地學會了運用腦子的方法……後來，我因為各種緣故有段日子吃了上頓沒下頓，凡是身邊能入口的東西大都吃過。就是這麼回事。」

「……省略過頭了。說得更仔細一點如何？」

「這是無所謂，可是你幹嘛一副高高在上的樣子？」

儘管有點生氣，用聊天打發時間倒也不壞。伊庫塔拿烤得恰到好處的蜥蜴當配菜，詳細地描述了自己的來歷。

出生在奇特的軍團裡，和科學家們共度的日子、與來訪的炎髮少女的邂逅。隨著父親入獄展開的逃亡生活，最後與母親死別。從孤兒院進入高級中學的過程，在學校裡與她重逢。打從一開始便無意參加的高等軍官甄試、與「騎士團」成員們的相遇、因為救了第三皇女被強行頒發的軍籍。從那時候開始度過的戰爭日子——

聽完所有經歷時——約翰以手指抓住在視野角落活動的蜥蜴，狠狠地砸在岩石上。伊庫塔意外地喊。

「怎麼，你也要吃？」

「既然得在這裡撐過一晚，回程時體力衰弱就麻煩了。」

約翰拿小樹枝串起蜥蜴，用火精靈的火焰燒烤起來。沉默了一陣子後，他悄然開口。

「……………剛才是我不對。」

「嗯？」

「就是掉進這個洞穴。因為太急著前進，我選了以你的腿走起來很吃力的路線，這是我的疏失。我向你賠罪。」

面對突然的直率道歉，黑髮青年瞪大雙眼。不過——眼見對方板著撲克臉沉默不語，他臉上漸漸浮現苦笑搖搖頭。

「……我沒想到有如此極端的地形變化，過於相信腿的狀態，我也有過失。唉，從客觀角度來看，咱們是彼此彼此。」

如果當時其中一方能保持冷靜，就不會造成這個狀況。伊庫塔同樣有所自覺，他在某方面為了與對方較勁太過逞強。他同時痛切地體會到，如今自己無法像以前一樣到處活動了——雖然持續做著復健，運動能力可以恢復多少呢？

當伊庫塔茫然地思考著，約翰不知不覺間烤好了蜥蜴，豪邁地一口從頭咬下去。那與印象不符的大膽吃法，令伊庫塔不禁開口。

「鱗片意外的硬喔。」

「沒什麼大不了的……缺少食物的日子，我也經歷過。」

約翰喀哩喀哩地咬碎骨頭和鱗片回答。他把咀嚼的東西吞嚥下去——停頓一會做好心理準備，緩緩地開口。

「我在拉歐當過奴隸。」

帕猶希耶和拉歐兩國勢同水火一事從以前起就廣為人知，但兩國間的戰爭化為常態，有段時期成為齊歐卡煩惱的來源。據說衝突的開端是從大約三百年前，兩國爭奪位於國境上的銀礦山開始的——不過早已沒人知道正確的過往，只剩彼此視如蛇蠍般互相厭惡的關係一再惡化到當時。

乾脆與其中一方連手，殲滅另一方——齊歐卡不少政治家都抱著這種想法，但未付諸實行是有理由的。在那個階段，帕猶希耶、拉歐兩國都表明了與齊歐卡合併的意思，齊歐卡方面也分別應允了。也就是說，依據協定，兩國在那個階段已屬於齊歐卡領土。不過——帕猶希耶和拉歐把既往的對立關係一起帶了過來。

既然已成為自己人，標榜多民族共存共榮理念的齊歐卡，無法做出攻打滅亡其中一方的選擇。萬一做出這等行徑，將會撼動本來就遠遠稱不上牢固的各民族團結。那辦法只剩下調解兩國關係一途，然而從單純的說服乃至經濟制裁的軟硬兼施干涉，都不斷遭到帕猶希耶和拉歐堅持拒絕。就算成為齊歐卡共和國的一員，我方死也不肯和這個對手成為同盟——就便是兩國的意思。

由於長期持續著政治上只會帶來不利的對立，帕猶希耶和拉歐都在確實地耗損國力。由於如每年定期活動般不斷交戰，反覆地互相掠奪與奪回國土及人民，這是當然的結果。齊歐卡一開始也曾援助過疲弱不振的兩國，不過在發現這只是火上澆油後就停止了。「不想兩敗俱傷就停戰吧」——齊歐卡自認表明了這樣的意見，作為當事者的兩國，特別是拉歐卻做出不同的解釋。「不想兩敗俱傷就快點消滅帕猶希耶」，他們認為齊歐卡這麼表示了。

在那種情勢下，約翰．亞爾奇涅庫斯在帕猶希耶西北部的城市誕生。

化為反覆交戰戰場的南方國境一帶慘不忍睹，不過他的出生地當時在物理上還遠離戰火。雖然國力衰退確實使得生活水準不如百年前，但不知是幸或不幸，出生為富裕家庭長子的約翰沒意識到這一點便度過了幼年時代。

他的雙親無論好與壞都是保守的愛國主義者，面對國家與拉歐之間不斷惡化的關係，絲毫沒想過要做出任何積極行動。他們稱呼棄國逃向齊歐卡的人是「忘恩之徒」，以冷漠的目光看待這些人。約翰也這麼認定地成長著。當時他的年紀還不懂得懷疑雙親所說的話。

約翰的聰穎從那個時期起便初現端倪，欣慰的雙親為他聘請了家教。他本人活潑的性格又討人喜歡，當時的他可以說是在家人的疼愛與高水準的教育中過著幸福的生活——直到十二歲那年冬天，決定性的那一瞬間到來為止。

那一天和平常一樣，住在一個屋簷下的五個人齊聚在安詳的晚餐餐桌邊。

「——老公，你聽我說。約翰他學習起來學得好快，聽說現在這位老師沒辦法教導他了。」

母親邊說邊將湯匙湊到嘴邊，困惑的臉上同時也有著驕傲。自家兒子天生擁有出類拔萃的聰明頭腦，對她來說喜出望外，同時也是無盡煩惱的來源。

「真的嗎？——哎呀，約翰真了不起。你的聰穎總是叫我吃驚。」

父親也抱有相同的感想如此說道。揉了揉鄰座兒子那頭——淺褐色的髮絲。約翰高興地接受讚美之餘，也對自己令雙親煩心感到愧疚。

「不過，真傷腦筋——這是第三位了。就算找遍城裡也不知道有沒有水準更高的家庭教師，就算設法找到人帶來，這孩子一定馬上又把人家的知識學光了……」

父親臉上浮現苦笑。這並非約翰第一次造成難得聘請的家庭教師馬上就沒工作可做的狀況。儘管隨著教師等級上升漸漸增加的聘金也讓雙親感到苦惱，連能聘請的人才都沒了真是出乎意料。他們的兒子才十二歲而已。

「……少爺真厲害……」

站在餐桌旁服務用餐的女傭幫他新盛了湯，木訥地補充道。約翰害羞地搔搔臉頰，坐在他身旁的姊姊抬高嗓門。

「父親，你的想法太守舊了。像約翰這麼聰明，能去更了不起的地方求學。」

「妳是說……首都的學院？約翰這樣聰慧，或許是可以跳級……不過，學院現在也刪減了預算，沒聽說過什麼好消息。」

父親抱著雙臂煩惱地想，唉……姊姊嘆了口氣搖搖頭。

「這種想法很守舊。同樣是首都，約翰該去的不是帕猶希耶的首都。而是——齊歐卡的首都諾蘭多特！只有這個地方！」

姊姊口中迸出另外四人想都沒想過的地名。父親愣了一下，慌忙反對。

「要他離開帕猶希耶？萬萬不可！我們家的長子怎麼能……！」

「正因為如此才需要！儘管許多人沒有自覺，如今元老院接受與齊歐卡合併的計畫，這裡也早已是齊歐卡共和國嘍？不算是離開帕猶希耶了。有實力的人到中央去是理所當然的。聽說那邊的學術水準也高到這裡無法相比，如果真的希望約翰展現才華，當然該去諾蘭多特！」

姊姊從椅子上起身繞到弟弟背後，雙手緊抱住他的肩膀。表達愛意的方式激烈又誇張是她的特色，但作父親的抱著頭發出嘆息。

「就覺得妳跟古怪的朋友混在一起，結果中了這種想法的毒……適可而止吧。跑去語言不通的地方學得到什麼東西？」

「哎呀，父親不知道嗎？約翰早就會齊歐卡通用語了。連家庭教師都瞠目結舌，這孩子學習起來真的很快。」

真的嗎？聽到姊姊這番話，父親難掩驚訝之色。約翰察覺話題轉向出乎預料的方向，不安地問坐在對面的母親。

「……媽媽，你們要送我去齊歐卡？」

「怎麼可能！先不提長大以後的事，依照你現在的年紀要過去的話，媽媽就會擔心得不得了。

我們家在諾蘭多特沒有好友，過去之後在那邊的生活該怎麼辦？」

「有監護人陪同就沒問題了！吶，憑父親的人脈安排這點事情很簡單吧？只要提出來，應該有很多人爭著當約翰的監護人！」

「所以說，我無意——」

面對窮追猛打的姊姊，父親有些畏縮地反駁。當約翰側眼看著一如往常的景象進食，玄關忽然傳來敲門聲。他停下用餐的手站起身。

「好像有人來了。我去開門！」

迎接訪客是我的任務。屬於小孩子的義務感讓少年這麼認為，沒人交代便主動奔向玄關。咦？他穿越走廊來到家門前，瞪大雙眼。不必他迎接，幾名陌生的成人便穿著厚外套站在那裡。

「？呃～請問你們是誰？」

大家忘了鎖門嗎？——約翰悠哉地想著，開口問道。當時的他日子過得太過和平，難以對眼前的狀況產生危機感。即使被破壞的門鎖掉在那些男子背後，尚未認識人類惡意的少年也沒有發現。

「……就從這裡開始？」

「嗯，開始吧。」

對方以約翰聽不懂的語言簡短地交談後，其中一名男子沉默地揪住他的衣襟。他們無視錯愕的少年，一夥人直接闖進家中。當客廳的門被一腳踹開，察覺異狀的其他家人從椅子上站起來。

「你、你們要幹什麼？擅自闖進我家——」

父親正要責怪他們的無禮，卻被闖進門的其中一人用發音不標準的帕猶希耶語蓋過話頭。

「不准動！」

他同時抽出腰際的短刀抵住約翰的脖子。原本平穩的餐桌氣氛一口氣凍結。那夥人以估量的眼神依序看著父親、母親、姊姊——發現呆站在他們旁邊的女傭時，改用拉歐語攀談。

「看妳的長相——是同胞吧。過來。」

「咦，啊，啊——」

「幹什麼！快過來！」

一名男子抓住困惑的女傭的手腕，硬是把人帶走。她一被拉出家門的同時，那群男人的注意力再度回到約翰他們身上，從懷中取出草繩扔到他們腳邊。

「我們要帶走你們，彼此用繩索綑綁對方。敢拒絕的話——你們家就要少一個人了。」

他抵住約翰脖子的短刀刀尖用力一壓，脆弱的皮膚立刻被劃破滲血，母親發出哀嗚。

「混、混蛋……！」「父親，等等！」

接受狀況，最冷靜採取行動的人是姊姊。她制止正要發怒的父親撿起草繩，繞到父母背後湊在耳旁呢喃——若不聽從，我們都會送命。

「……嗚……！」

父親聽到後渾身一僵，姊姊立刻用草繩捆綁他的手腕——她迅速的反應，無人知曉地救了弟弟一命。因為他們如果抗拒不肯聽命，那些男人打算先殺死勞動力價值低的兒童——約翰殺雞儆猴。

「真機靈。好了──不想死就動作快！」

看到獵物這麼懂事，男子愉快地喊。約翰愕然地看著親人們被捆綁的模樣。無論是脖子被短刀割傷的痛楚，或是有生以來首度面對他人的惡意──他甚至都還無法認識與接受。

他們遠離戰線的城市，正常來說不可能突然受到這種襲擊。是土地相鄰的齊歐卡──前馬姆蘭地區的一部分部族，無視齊歐卡的政治判斷與拉歐軍進行非法交易，造成了這種情況。他們收取占領帕猶希耶後的一部分特權作為報酬，帶著拉歐軍來到帕猶希耶西北部國境警戒最薄弱之處。

不僅國土遼闊難以掌握整體狀況，各部族又有強烈獨特性的前馬姆蘭地區，在齊歐卡共和國成立後仍不時發生這樣的失控。若對手是過往的馬姆蘭，帕猶希耶理應不會放鬆戒備，但諷刺的是，對於齊歐卡統治周延的安心感卻招來這樣的悲劇。遭到襲擊的城鎮、村莊的居民凡是反抗就會遇害，不反抗的人則被全數帶走──大部分被帶到他們最為恐懼之處。

拉歐的奴隸農場。正如字面上的意思，那是供從帕猶希耶徵用的奴隸們強迫勞動的地方，為正式國營設施。隨著戰爭長期化，兵卒的陣亡使得國家整體勞動力衰退。為了彌補這個缺口，拉歐致力於發展與增大奴隸制度──結果如今奴隸產業已可以說是拉歐的經濟根基。

「好了，快到崗位上！別以為能落個輕鬆！只要有人偷懶，整組人都得受罰！」

被帶去的奴隸們的去處在最初階段就劃分成兩個。其一是透過奴隸市場被一般人買下。這是最常見的，奴隸待遇依照被買回去的環境各不相同。大都是被派去從事嚴酷的肉體勞動，不過如果長相標致或具有某些特殊技能，有時也會被看中得到情婦或工匠的待遇。儘管同樣是奴隸，只要順從地做事，在一定程度還能獲得衣食住方面的保障。

至於另一個對於帕猶希耶人而言最糟糕的去處，正是約翰他們被帶往的奴隸農場。來到這裡的奴隸們注定面臨四樣事——嚴酷的勞動、少量的食物、簡陋的衣物和居住環境以及嚴格的監視。這是由以對待俘虜之粗暴廣為人知的拉歐軍直接管理的設施，奴隸們的待遇有多差不言自明。

「嗚、咕……！」

「約翰，別逞強！那個由我來搬！」

勞動強度當然無法期望對小孩子有所減免。最重要的是——不像從市場被買走的人，監視他們的軍人對奴隸毫無執著。換成一般買主，還可以期待他們不想弄死花了一筆錢買下的奴隸。然而，士兵們只是被指派來管理奴隸的。既然並非自己的所有物，在操勞中弄死也沒損失。這更加重了對奴隸們的濫用——他們在農場遭受的待遇，用一句話來說就是化為以過勞死作為前提的消耗品。

身體還未成熟的約翰，不可能長期承受連成年人都難以忍受的強制勞動生活。他還撐不到一年就變得體弱多病，不得不由一起被抓來的親人分擔他的勞務分量。

「……爸、爸……對不起……」

「別擔心，約翰。安心地休息吧……我不會讓你死在這種地方。」

即使置身於這種環境，他的親人依然充滿關愛。分擔約翰無法再負荷的勞務，不惜省下自己的食物也要讓他補充營養。他們就這樣拚命地抵抗著從弱者開始死去的現實。那是他們在這種情況下的奮戰。

「母親，妳看！我弄到了蜂蜜！餵約翰吃吧！」

「……妳……是怎麼弄到這個……」

「那不重要！來，快點快點！」

約翰直到很久以後，才察覺姊姊偶爾帶回來的那些來歷不明的食物是怎麼弄到手的……在軍方管理的設施中，能交易的對象只有士兵。作為身無分文的奴隸，姊姊付出了什麼代價來交換食物──日後每次想像到這件事，約翰就會抓住胸膛嗚咽落淚。在他的記憶中，姊姊總是面帶笑容。

難以行動自如的身體、無法為親人幹活的自己讓約翰感到無可救藥的焦急。休息一陣子身體稍有好轉後上工又再度倒下，他在這樣反覆的過程中度過第二年。看著親人們日漸消瘦，他好幾次說過「別再管我了」。可是──每次聽到那句話，父親、母親和姊姊一定會露出微笑摸摸他的頭。在親人堅定不移的愛當中，少年過著焦慮灼心的生活。

生活每一天都越發嚴苛──後來的記憶變得非常模糊。

「──你──」

細微的聲音在沉眠的深淵中傳入耳中，約翰心想——啊，我必須醒來。

親人們在工作。為了臥病在床什麼也做不了的自己。父親、母親和姊姊都竭盡所能地努力著。

我也必須去幹活。我不醒來的話——照這樣下去，大家遲早會精疲力竭地累倒。

「——著嗎？——」

嗯，我知道。我馬上起來——約翰這樣說服自己，拚命睜開像鉛一樣沉重的眼皮。

「——你還活著嗎！」

視野恢復，他看見一套陌生的軍服。一張並非拉歐兵的陌生軍人臉龐。

「————？」

約翰難以理解狀況，東張西望地環顧四周。仔細一看，那裡不是分派給他們家的小屋。儘管構造同樣簡陋，用木材劃分的幾個空間裡鋪著稻草，週遭瀰漫的動物氣味屬於馬廄。

「很好，還活著嗎！——倖存者一人！是身體非常衰弱的孩子，快拿水和食物過來！」

在他們掙扎求存的幾年之間，情勢出現戲劇性的變化。

隨著拉歐侵略帕猶希耶以及部分前馬姆蘭部族插手的事實揭曉，齊歐卡看出事情已超出靜觀其變的階段，終於展開行動。

他們將部隊分為兩批，一隊去解放帕猶希耶占領地，另一隊同時一口氣侵入拉歐本土——在鎮壓政治中樞之後向奴隸農場進軍。因長年戰爭疲憊不堪的拉歐軍在各方面來說都比不上在這段時間強化過戰力的齊歐卡軍，光從結果來看，是以一場歷史上也罕見的閃電戰決定了勝負。

「──這裡的狀況遠比想像中來得更糟……不過，你放心吧。以前管理這裡的拉歐兵都被除掉了，建立奴隸制度的拉歐政權也已經瓦解。你再也不是奴隸了。」

為了讓他安心，齊歐卡士兵說出事實。不過，約翰本人幾乎沒聽進去。他衰弱得無法坐起上半身，拚命移動視線尋找親人的身影。

「……大家、呢……？爸爸、媽媽、姊姊在哪裡……？」

聽到他斷斷續續地問，齊歐卡兵猶豫了一會。

「……你的家人……他們在那裡。」

他邊說邊悄悄望著背後。約翰拚命想坐起來，士兵攙扶著他的背部繼續道。

「他們多半是在不久前……因為營養失調一一倒下了。年長的兩位身體從一開始就並排擺在草堆上……最年輕的女性依偎在你身旁斷了氣。我們鄭重地安置了他們。」

少年目睹了三名親人閉目橫臥的身影。那瘦弱得不成樣子的四肢、凹陷的臉頰、再也不會睜開的眼睛──都深深烙印在約翰眼中。

「據說這裡被攻陷時，發狂的拉歐兵曾四處虐殺奴隸。死在戶外的屍體堆積如山。你的親人應該是察覺了危險逃進馬廄，一直躲著不動。」

約翰知道。直到最後的最後，父親、母親和姊姊都保護著他。自從被帶來這個農場，三名親人一直把生命分給他——他此刻才能活著。

「現階段找到的倖存者只有你……對不起，我們未能更早趕來。」

齊歐卡兵後悔地咬著嘴唇低頭道歉。看著他的樣子——真叫人羨慕啊，約翰心想。他再也沒有表達心意的對象了。無論再怎麼盼望，都無法感謝他們或是道歉了。這世界上最深愛他的人——已在他的話語無法傳達之處永眠。

在得到救助時失去所有親人的約翰，以戰爭孤兒的身分被齊歐卡育幼院收留。受到奴隸生活的傷害影響，他臥病了一段時間——不過在清潔的環境中得到充足的營養和休息，加上本來還年輕，他的身體迅速地康復。

「……有什麼、工作、可做嗎？」

然而，約翰的身心在恢復過程中發生異變。首先，他對勞動抱著異常的執著，極度地恐懼什麼也不做的狀態。從做飯到打掃、洗衣還有照顧年幼的孩子——只要有工作可做，約翰從不挑內容。他無法忍受有一瞬間閒下來的空檔，做完一件工作，下一秒就在育幼院裡徘徊尋找下一個工作。

「請給我一點事情做。求求你們，請給我——」

同時顯現的第二個異變是睡眠障礙。隨著一天勞動時間的增加，約翰的睡眠時間卻呈反比地減少。從八小時的睡眠縮減為六小時、從六小時縮減為四小時、兩小時、一小時——不知不覺間，再也沒人看過他睡著的樣子。

他的表現超出了勤快少年的範疇，職員們開始感覺到某些超乎常軌的特質。關於他的傳聞傳到育幼院外，經過口耳相傳——不久後被一名男子聽說了。

「——嗨，初次見面。」

聽到傳聞，男子直接拜訪了約翰所在的育幼院。打理得一絲不苟的深藍色西裝與長褲、戴在臉上的完美政治家笑容。在初次見面時，約翰完全無法想像這名男子將為自己帶來什麼，只是模糊地感覺到對方深不可測。

「我名叫阿力歐・卡克雷，是齊歐卡微不足道的政客。我今天來到這裡，是聽說了關於你的有趣傳聞。」

男子語氣親切地報上名字，向約翰攀談。聽到他來訪的目的是自己，少年繼續揮動掃帚，愣愣地歪著頭。

「聽說你最近一個月完全沒睡地不停在工作。育幼院職員們都感到很不可思議，你不睏嗎？」

「不——我不睏。」

約翰立刻回答，搖搖頭。從那一瞬間起，他的雙眸中亮起異樣的光芒。

「在我沉睡時，大家死了。因為我什麼也沒做地睡大頭覺，害死了大家——我不想再睡了。我不能睡。我不想要任何人——任何一個人代替我而死。」

看著約翰彷彿被附身一般說個不停，阿力歐倏然瞇起眼睛。第三個異變就出現在他身上。少年從前淺褐色的頭髮，在進入育幼院幾個月後已變成不帶一絲斑駁的白髮。

「我能工作。要做多少工作都沒問題。無論任何工作都能不必休息地做好。所以——卡克雷先生，可以給我工作嗎？」

白髮少年反問眼前的男子。阿力歐聽到後進一步加深了笑意。

「原來如此——真美妙。」

男子緩緩地走過去，雙手放上少年肩頭。那動作十分自然，壓在約翰肩膀上的力量卻異樣地強，彷彿在說看中你就再也不會放手。

「這一趟來得好——我一直在尋找能對我這麼說的人。」

男子收養了失去一切的少年——在自己栽培的許多「作品」當中，這孩子一定正是他一生最棒的傑作。這個篤定的念頭令他心中興奮不已。

「……像這樣說起來，我的人生起伏之劇烈，或許和你有相似之處。」

約翰摸摸搭檔路那的頭，用這句話結束了漫長的訴說。伊庫塔閉上眼想像對方的人生——不久後睜開雙眼靜靜地問。

「你的目標是發展多民族的共和制吧——你不恨拉歐嗎？」

「就算要恨，對方也已經滅亡了。而且——我還記得，帕猶希耶也有巨大的奴隸市場……我家也僱用了一名從市場買來的奴隸。」

懷念和愧疚交錯的記憶。如今約翰已察覺在童年時代幸福生活背後的陰影，鉅細靡遺地想像著。

「她名叫拉琪，是個沉默寡言的女子……不，她並非生性沉默寡言，而且沒人好好教導她語言，沒辦法說太多話。我愛吃她做的雞蛋料理，在她煮飯時常常跑去試味道。她總會露出為難的笑容，然後盛一小碟給我吃……」

對於約翰來說，那是柔軟溫暖的回憶之一。不過——對於她來說又是如何？事到如今他忍不住去想。被當成奴隸買走，看著買主幸福度日的家庭，她作何感想？

「那場戰爭裡沒有任何正義——是徹頭徹尾毫無價值的兩敗俱傷。因此，我恨的是那種毫無價值本身。我發誓再也不讓相同的事情發生，為此選擇從軍，現在成為一軍統帥。」

約翰如此歸納自己的生存方式，目光轉回眼前的青年。

「我再問一次以前問過的問題。索羅克——你是為了什麼保衛帝國？」

「…………」

「根據剛才聽到的內容，你理應還站在該憎恨帝國暴政的位置上。那麼，你持續當軍人是為了改善國家嗎？——或者，是為了報復待在那理？」

面對這個問題，伊庫塔也問自己——要救國？還是滅國？我期望的究竟是哪一方？試著想想，他至今都沒追究過這一點。與夏米優的願望分開思考時，伊庫塔．索羅克希望帝國如何？

「無論是哪一種，你應該可以展望更遠的未來了。既然學過歷史，你也知道吧，在談論貴族腐敗等問題之前，帝政這個系統本身就沒有未來可言。你和女皇一起推動的改革也一樣，若下一代沒有賢明君主繼承就會在一代之內化為泡影。要避免這種情況發生，只能從根本改變制度本身。」

對於這一點，伊庫塔也沒有異議。他們為促使國政健全化採取的種種措施，現階段並未脫離延長壽命的範疇。需要在某個點有決定性的轉變，是無庸置疑的。

「齊歐卡做了這方面的準備。我們不是侵略者，而是幫助失敗國家重建的修復者。所以，若對帝政本身沒有執著——帝國可願接受我等的干涉？我們篤定這將帶你們邁向未來。」

自己的國家會給走投無路的國家帶來轉機，約翰對此深信不疑。他打從一開始就試圖要拯救帝國人民。

「……就算要推銷，把理想和現狀混為一談可不值得稱讚。」

然而，伊庫塔暫停了那個提案。約翰的臉上掠過一陣苦澀。

「你方才所說的，是在齊歐卡國內也只屬於那些志向特別高潔之人的『漂亮場面話』思想吧。不這麼想的傢伙大有人在。齊歐卡本就是僅憑對抗帝國的意志結盟的集團，想必四處有著隱藏的不滿。」

青年凌厲地指出這一點。白髮將領的說法，絕不直接等同於齊歐卡的說法。

「如果直接接受你所說的干涉，那些傢伙也會一股腦地湧進帝國。在新土地上看見毫無防備的民眾和國土，那些人會怎樣想？再度倒退回戰亂時代也不足為奇——我預料情況將會如此。」

「不！我絕不會任那種人胡作非為！凡是超出普及共和制方針的行徑，都將由我等之手給予嚴正的取締！」

「憑你一個人？……很遺憾，我實在不認為和你有志一同的人數量會比對齊歐卡現狀心懷不滿的人還多。剛才我也說過，你的思想是漂亮場面話，在大多數情況下，沉積在下方的混濁傢伙會多得多。」

約翰低頭緊咬嘴唇。被人從背後偷襲的經驗太多，讓他難以否定這番話。從那個表情察覺他的內心想法，伊庫塔嘆了口氣。

「對於拉．賽亞．阿爾德拉民也一樣——比起這場戰爭，我反倒更擔心戰爭打完後的事情。假設今後帝國經過某些事情滅亡，失去共同敵人的齊歐卡能保持不瓦解嗎？由多民族組成的共和制國家齊歐卡，在現階段達成了那麼緊密的團結嗎？」

「……！……」

「你問我是為了什麼保衛帝國——唉，表面上的理由就是這一點。齊歐卡這個國家的完成度，不足以讓我信賴到託付我方的未來。既然如此，就暫時靠自己想辦法嘍。改革制度總會有些好轉，你們在這段期間說不定也會有所改善。」

聽到這番話，約翰重振說服的決心——如同養父所說的，跟此人絕非完全沒得談。最後的一句話，可以看成對方對於齊歐卡殘留的期待。

「……的確，現在的我們或許還不夠可靠。部分國民抱著與普及共和制南轅北轍的思想也是事實。你擔憂我方在干涉帝國時無法牢牢掌控他們，現階段也是無可奈何的。」

「就是說吧？所以——」「既然對這一點感到不滿！」

約翰打斷對方的話宣言，探出身子臉對臉地高喊。

「就由你來協助怎麼樣？伊庫塔・索羅克！這下子你總沒意見了吧，我顧不到的範圍就由你來著手！如果你帶頭指揮，許多人都會追隨！那些大肆宣揚自私的慾求企圖招來亂世的傢伙通通扔給我們解決就好！這樣一來戰力就變成兩倍，你還要說缺人手嗎？」

「————」

他的說服——讓伊庫塔一聲也沒吭地愣住半晌。那直視著自己的白銀眼眸、擁有那雙眸子的不眠的輝將、他內心散發的光輝，第一次令黑髮青年打從心底感到敬畏。

「——你真了不起。」

「……？」

「你居然能對我說出這種話。對於阻礙迫使自身理想停滯不前的人物、對於和自己的生存方式理念徹底相反的人——你居然有辦法如此坦率地尋求合作？」

聽到這句話，約翰清楚地頷首。他眼中的敵意早已消失無蹤。

「我認識了你的為人，知道了你的過去。我也同樣談了過往經歷，沒有任何事沒告訴你的。既然如此——你能領會我的想法。我這樣相信，因此說出口。」

伊庫塔像彷彿直視著太陽般瞇起眼睛。他體悟到——這名青年相信他的想法能傳達給對方。相信只要自己行得正做得端，看到他的人們也會給予正確的回應。

當約翰的光芒向自己投射過來，委實太過耀眼了……因為，那是黑髮青年不可能擁有的事物。或是許久之前就失去並找不回來的事物。那是對活在世上所有素昧平生的人們寄予的純樸信賴與信任。

總之，這就是兩人決定性的差異。生於黃昏國度的將領與黎明國度招攬的將領。即將迎接日落的人與和即將迎接破曉的人。無奈認命與希望的峽谷劃分了兩者。

「…………！」

可是，若能一起迎接破曉……

這個念頭散發難以抵擋的魅力閃過伊庫塔的腦海——

經過一番漫長痛苦的猶豫，被他抱著無比堅定的確信靜靜否決。

「……你什麼時候休息？」

伊庫塔輕聲發問。約翰不明白問題的意義，皺起眉頭。

「既然要在戰爭期間與戰後一直排滿工作，那你什麼時候能坐下來休息？十年後？二十年後？——還是更久以後？」

答案根本不問自知。白髮將領毫不遲疑地回答。

「我將休息的權利讓給後世。我決定將生命耗費在齊歐卡的發展上。」

「那麼，等你死後會如何？代替你帶頭的人呢？」

「一定有人會接棒的。那些看著我的背影成長的孩子，一定會像我一樣——」

伊庫塔沒等他說完就一把抓住他的衣領，用全力扯了過來。他砰地撞擊約翰的額頭，從腹部發出吶喊。

「——你打算迫使他們像你一樣活著，像你一樣死去嗎！」

叫聲在豎坑內嗡嗡迴響。黑髮青年面對不明白意思的對手仔細說明。

「喂，給我聽清楚！你無自覺的、而那位執政官蓄意企圖製造的，是無限再次生產像你這種英雄的系統！等你為國家鞠躬盡瘁而死，齊歐卡的政客們將讚頌約翰·亞爾奇涅庫斯的生存方式是國民的理想形象，獎勵後進效法你！不顧自己的幸福為國盡力效忠——他們會得意洋洋地教育孩子，這是生而為人的正道！」

「————」

「把這些灌輸當真的孩子裡將誕生下一代的英雄，供那些傢伙當成低成本的消耗品人才徹底加以活用！那可是用起來順手無比的棋子！勤勞又不求報酬，視為國竭盡忠誠為最大的喜悅——因為他們打從一開始就被教育成會主動這麼說！」

被教育要追隨自己的孩子們——聽到他這麼說，約翰的腦海中不由分說地浮現一名少女的身影。卡夏·瑪斯庫斯。直率勇敢的少女。有雙毫無陰霾的眼眸，說長大以後要變得像他一樣的女孩。

「…………」

可是，她的笑容——在聽到剛才那番話之後扭曲變形。

約翰想像著。假使——卡夏長大後立志成為像他一樣的軍人。假使她為此付出許多努力，又受到才能與幸運的眷顧，年紀輕輕就得到大展身手的良機並做出成果，被上層要求拿出更多成績，為了國家比任何人都更努力地奉獻——走上和自己如出一轍的路。

然後，她會怎麼樣？

以自己為目標的少女，最終將抵達何處？

既然是同一條路——她不也會這麼說嗎？

——我不需要休息。我將這個權利讓給後世。

即使我死了，一定有人會接棒的。

「————啊————」

一股從不曾感受過的寒意包圍了約翰全身。

他想到了。自己正要踏出第一步的無盡道路，不是什麼橫跨幾世代的長征，而是沒有終點的循環迴廊。

國家的發展沒有止境。那是只要補給燃料就能不斷運轉的無情裝置，就算戰爭結束本質也不會改變。並非只有戰爭才會消耗人命。只要主動投身熔爐的人力維持穩定供應，它能夠無邊無際地反覆擴張。擴張後的裝置會需要愈來愈多的燃料。如今已不必懷疑，那正是阿力歐．卡克雷立志建立的國家。

這樣的話——什麼時候才會到來？

迎來權利不必讓給任何人的那一天？人人都能過著幸福生活的時代？

方才他所說的後世，什麼時候才會來臨？

「————」

站立的地面搖晃的觸感，令約翰失魂落魄地呆立不動。

「…………」

仔細注視著他的變化——伊庫塔輕輕放開用力揪住他衣襟的手。

「……讓全體國民具備公共意識，在國家運營上的確不可或缺。」

伊庫塔恢復幾分冷靜的聲調說道。他心中想著，必須趁這個機會告訴對方從他的立場所能說出的最切實忠告。

「然而，那必須時時與個人的幸福達成平衡。向國民推崇無私和奉獻的國家，本身的存在等同於詐欺。國家是為了讓人們活下去而誕生的，絕非顛倒過來。」

伊庫塔下了結論——察覺要說的話大都講完了，肩膀猛然放鬆下來。他走過去靠著附近的岩壁，向一語不發的白髮將領攀談。

「……吶，約翰。你身邊沒人對你這樣不停工作產生疑問嗎？有人關心你的身體健康，要你好好休息嗎？」

「…………」

「並非沒有對吧。在我看來，你的人際關係不像那麼惡劣。擔任你副官的女性——米雅拉小姐看上去就會關心你。她沒對你說過什麼嗎？即使沒說過，她是否有看來欲言又止的時候？」

約翰無法回答。他連想都沒想過這種事。伊庫塔嘆了口氣告訴他。

「我想反正你也沒發現……她的臉龐，隨著每次見面變得愈來愈消沉了。」

「咦——」

約翰的肩頭一顫。神情就像個做出沒有惡意的行為遭到雙親斥責的孩子。那看得黑髮青年也很難受，嘆息一聲仰望著頭頂。

「……饒了我吧，亞波尼克人的特徵本來就很明顯，一看見她總讓我想起媽媽。要是你什麼都不做，下次我可會不再猶豫地找她搭訕。管她是別國的軍人還是你的副官，關我屁事。」

伊庫塔賭氣地說完之後躺了下來。約翰已經了解，這是他表達關懷的方式。

「重要的人活生生地陪在身旁……在消耗生命之前，先仔細品味這個事實吧。這樣的話，你應該能比現在更明白她的心情一點。」

留下最後這句話，伊庫塔轉身背對著約翰——直到黎明到來，兩人沒有再交談過一句話。

在明亮的清晨，兩人由前來救援的士兵們拉上來脫離豎坑，立刻下山。回到山腳時，兩人滿心不安的知交一看到他們的臉龐就衝了過來。

「約翰，你平安無事——」「索羅克！」

米雅拉走上來握住約翰的手，夏米優緊緊擁抱了伊庫塔。兩人當場安慰了她們好一陣子。

「抱歉，夏米優，我走山路時犯了點錯。」

伊庫塔向她笑了笑，展示自己沒有大礙。此時阿力歐來到這裡，在青年身邊小聲地問。

「——我的孩子給你添麻煩了？」

「……不。我們只是出了意外摔進洞穴，一起過了一晚。」

伊庫塔聳聳肩回答。阿力歐以洞悉的眼神來回看著他和約翰之間——隨即喃喃說著「看來意外地只差一步啊」，轉身離開。青年的反應已超越愣住的程度，只能傻眼無言以對。

「約翰，先進帳篷吧。你的衣服髒了，也得做個全身診察看看是否真的沒受傷……」

「Yah，我知道，米雅拉。妳別扯得那麼用力，袖子會破的。」

「啊——對、對不起！」

因為過度擔心有些瞎忙的副官，和約翰節奏有點脫線交談著。伊庫側眼瞄著他們，和夏米優一起走向那輛大馬車。

「……全身都診察過了。太好了，頂多是一些擦傷，沒有任何嚴重傷勢……」

一走進齊歐卡軍陣營的帳篷，米雅拉馬上開始仔細地為約翰做全身檢查。由於收到他們掉進洞穴的報告，她一直非常擔心約翰有沒有受傷。米雅拉在得知是杞人憂天之後鬆了口氣，忽然察覺自己正盯著上半身打赤膊的長官，慌忙退後。

「啊……那、那麼我先出去了，替換衣物放在那裡。對不起，我太過擔心……」

「——等等，米雅拉。」

白髮的將領靜靜地叫住正要匆匆走出帳篷的副官。米雅拉停下腳步，一臉不解地回過頭。

「是、是，什麼事？」

「有件事讓我很在意。坐下來談談吧。」

聽到約翰以前所未有的認真口吻這麼說，米雅拉胸中一陣騷動。難道他要將我解職？——她依言輕輕在椅子坐下，甚至想像了這種可能性，不禁提心吊膽。

約翰與比平常來得心神不寧的她面對面，停頓一下以後突然切入主題。

「妳老實回答我……我一直害妳感到不安嗎？」

這個問題令米雅拉僵住了。她沒料到對方會直接問起，心中並未準備好該怎麼回答。現在該找個妥當的答案應付過去……她一瞬間這麼想著正要開口。

——妳可以更坦率地對待自己的感情也沒關係。

那一刻，女騎士的話在耳邊響起。彷彿受到那句話的鼓勵——猶豫了許久後，米雅拉直接說出藏在心底的真心話。

「…………是的，我一直很擔心你。」

「……為什麼？」

白髮的將領繼續詢問。米雅拉的神情霎時扭曲起來，用顫抖的聲音回答。

「因為你最近——遠比以前快樂得多。」

出乎意料的答案聽得約翰雙眼圓睜。在他眼前，米雅拉如決堤般滔滔不絕地傾訴著。

「自從遇見阿納萊博士後，你展現了我所不知道的表情。你變得常常發怒、常常大笑，經常談論政治和軍事以外的話題。在這次調查期間，你也表現自然地充滿活力。這件事——讓我非常不安。」

「……那是……因為我的心看來不再專注於為國貢獻上嗎？」

約翰小心翼翼地問起理由。「不是的。」不過，他的副官連連搖頭否定。

「因為我不禁覺得，那種生活方式才能讓你活得幸福。」

她說出超乎對方想像的真正答案。她對啞然失聲的約翰繼續道。

「現在的你閃閃發光——與在戰場上時相比毫不遜色。無關於義務或責任，你全力投入喜歡的事物……享受活著的樂趣。我有這種感覺。」

「——」

「和科學家們交談時，你暫時從平常背負的重大責任中獲得解放。在我眼中看來是這樣的。所以……最近你會以我不知道的表情露出笑容。以我不知道的表情發怒、以我不知道的表情懊惱。看到那一切……我無可奈何地對自己的存在感到無地自容。」

米雅拉眼中浮現淚光。約翰一團混亂地拚命搖頭。

「不對——等等，米雅拉。妳誤會了。我沒有一秒鐘沒顧念著齊歐卡的未來，現在的調查也是如此。我始終是因為此事在政治及軍事層面兼具重要意義，才認真地處理——」

「我開始覺得這種情況有問題！」

米雅拉以有力的聲音打斷他的話。她眼中浮現的不僅是不安，還包含同等的憤怒。

「為什麼——為什麼總是只有你要不停工作？為什麼只有你不許休息？為什麼執政官大人不關心你的身體？你明明是最努力的人，明明最為國家著想啊，這種情況一定有問題！」

她再也煞不住車，接二連三地吐露壓抑至今的心聲。面對始終不曾顧及的副官的真心話，約翰也難掩動搖之色。

「——為何妳要這麼說，米雅拉？妳應該知道才對，我的性命要奉獻給齊歐卡。妳應該是因為支持我的理想才跟隨了我，與令兄及亡靈部隊成員們一起……不是嗎？」

約翰用顫抖的聲音確認彼此的關係。米雅拉輕輕點頭。

「沒錯……可是，我發現了。照這樣下去——遠在還沒達成理想前，你就會先消耗殆盡而亡。」

與他最為接近的副官說出和黑髮青年同樣的觀點。這個事實讓白髮將領感到愕然，在他的注視下，幾道淚痕滑過米雅拉的臉頰。

「約翰——我希望你活下去。你向理想衝刺的身影非常耀眼。可是，我希望你得到與付出的努力同等的幸福。我希望你得到自己的幸福，而非位於遙遠前方的理想。」

「————」

「否則——當你去世時，我一定會忍不住詛咒齊歐卡。忍不住憎恨消耗你害死你的國家。一定也無法原諒……作為幫凶的自己吧。」

她如此說道，抓住手臂的指甲陷入皮膚，彷彿在拚命忍受著湧上心頭的不安。

「最近，我老是想著這件事。在你的遺體前，我哭喊著持刀刺進胸膛自盡……光是想像那一幕我就會發抖。好難過、好難過……現在也一直覺得好難過……」

「……！……」

「最沒用的是——就算說了這些話，我是個除了打仗什麼也不會的女人。如果離開軍隊，我派不上任何用場。我對軍人以外的生存方式一無所知，也無法像科學家們一樣讓你露出笑容……」

「米、米雅拉——」

這段痛苦的告白太過令人心酸。約翰已無法忍受就這麼聽下去，踢開椅子站起來衝動地緊緊擁抱米雅拉——經過長期的相處，這是他們第一次擁抱對方。她的雙手求助地抓住他的軍服。

「……對不起，我撒謊了。我不安的原因有一半出在這樣的自己身上……」

「…………」

「儘管知道你比任何事物都更重要，我卻什麼事也無法為你做。這樣的我真是沒用、叫人焦急……我一直不知道該如何是好……」

淚珠滴滴答答地打在約翰的肩頭弄濕了軍服。約翰緊抱著抽泣的米雅拉，從此之外不知道還應該做些什麼。

失去了立足的地面、得知以前一直沒注意過的同伴心聲，置身於和昨天之前截然不同的世界中——青年還無法踏出第一步。

在伊庫塔和約翰發生意外的兩週後。他們在這段期間又解決了兩道問題——科學家們正面對著自試煉開始後的第一百個問題。

「——獨自站立在一切的中心，喊出其名。」

精靈們無機質的聲音不知是第幾次地在帳篷內響起。搭檔發出的指示，讓巴靖不解地歪歪頭。

「……嗯～站在中心的部分，令我回想起第一道問題。」

「喊出其名，是先前沒出現過的題目類型。該怎麼解釋才好？」

站在他身旁的奈茲納面有難色地呢喃。此時，像先前一樣帶部隊搜尋精靈反應的伊庫塔和約翰回到帳篷裡。

「你們兩個，精靈的反應怎麼樣？」

阿納萊立刻開口確認。兩名弟子面露微妙之色回答。

「雖然出現過好幾次反應，卻無法確定位置。一瞬間出現反應後下個瞬間又停止了——反覆出現這種情況。」

「……Yah，我這邊也一樣。」

聽到報告，老賢者抵著下巴。

「唔。反應只有一瞬就停下來了──嗎？」

思索的靜寂籠罩了帳篷。瓦琪耶率先舉手，以形成對比的熱情打破了那股寂靜。

「我有一個假說──不是反應不穩定，而是反應地點本身在移動，從這個觀點來思考如何？」

科學家們的視線聚集到她身上。伊庫塔也點頭表示贊同。

「我也投贊成票。根據在於──初期的問題是平面上的幾何學，但隨著出題數增加開始涉及空間圖形。這是二維到三維的變化。所以──這次再加上另一道軸心來思考就說得通了。」

他的這句話令專注於思索的夏米優赫然抬頭。

「平面與空間之外的另一道軸心──對了，時間軸！」

「沒錯。這次的問題，多半必須掌握每個時間點發生反應的位置才能解開。而搜尋反應的方法也需要花費和先前不同的心思設計。

從至今的觀測結果來看，反應地點廣範圍四處移動的可能性很高。要短時間內加以掌握，需要用上所有人手，不過──」

伊庫塔邊說目光邊投向約翰。白髮將領察覺他的意圖，點了個頭。

「……Yah，我知道了。在探索方面投入更多兵力吧。」

「嗯。先這麼做，試著往可能程度內最廣的範圍散開士兵。」

兩人明快地同意了這個做法。自從險些在山上出事以來，他們之間的衝突奇異地銷聲匿跡。夏米優半是感興趣半是不安地觀察著兩人的樣子──這也是阿納萊博士所說的化學反應的結果嗎？

無論如何，他們根據反應會廣範圍內移動的假設，按一定間隔在平原散開了可能範圍內最多的士兵。不只如此，還將包含何處的士兵在幾點碰到反應的資料都詳細記錄下來。像這樣觀測了幾天——隱約浮現的資料傾向，看得科學家們全都皺起眉頭。

「……伊庫塔哥，看樣子移動範圍大得嚇人。」

「……似乎是這樣。就算散開以萬為單位的士兵都未能掌握移動軌跡的全貌……再加上，必須追蹤的反應看來不只一個。精靈的反應也有好幾種模式，大概有數種反應同時在地面移動。」

伊庫塔和瓦琪耶、夏米優一起看著滿是註記的地圖喃喃地說，不久後下定決心抬起頭。

「好——換個做法，放棄直接掌握全貌。」

「沒關係嗎？別談解決問題，連出題內容都沒掌握到耶？」

「這方面當然是得和至今收集的資料大眼瞪小眼，發揮科學的想像力了。」

他以指尖描摹地圖上的點。看起來資訊過量的註記，在他心中慢慢地構成了意義。

「現階段能推導出一個規律。精靈反應的移動路線——至少有一部分以大約一天為週期循環著。當精靈在某個地點出現反應，大概二十四小時後在同一地點會出現一模一樣的反應。假使所有發現反應的地方都具備這個共通的特徵，可以推測精靈的反應是依相同路線每天繞圈。」

伊庫塔提出包含假設的意見。此時阿納萊走過來插話道。

「若是按相同路線繞圈運動，我首先會想到的就是圓周運動。從『站在中心』這個訊息與第一道問題共通來看，也無法忽視這個問題與圓的性質有關的可能性。回顧先前的問題，也經常看得到早出的問題是給後續問題打基礎的情況。」

老賢者連出題的意圖一併這般推測，繼續往下思考。

「假設反應的移動全是以一天為單位的圓周運動，要證實這一點，必須查清楚精靈是否在我方預測的時間、預測的地點出現反應。在意象上只要拿出量角器和時鐘應該很容易理解。既然用一整天轉三百六十度，那○點時位於○度位置的反應，在六點時應該出現在在九十度位置，十二點時出現在一百八十度位置。若途中速度有改變就未必符合——不過至少到目前為止的資料，都暗示著反應的移動速度總是相等。」

不必等人催促，伊庫塔接過話頭說下去。

「要驗證的話，先從觀測到的移動路線可推測為最小圓周的反應開始著手。為了方便起見，就稱作反應A吧。要預測圓周運動必須求出圓心，這至少得觀測到軌道上的三個點。在地圖上看得出圓弧狀軌道的反應A有可能滿足這個條件。但前提是到方才為止的假設都正確。」

師徒交換意見，彼此頷首——他們根據這個觀點，派遣士兵到多個預測地點檢查反應。幾天後，所有地點都證實在預測時間點出現反應，科學家們一口氣大聲嚷嚷起來。

「預測值和實測值一致。看樣子找到正確答案了，伊庫塔！」

約爾加驗算完第三次後用興奮的口吻說道，阿納萊也點點頭。

「根據以上驗證，證明反應A以一天為單位進行著等速圓周運動。這個圓為了方便起見就稱為圓A吧。既然判明是圓，要算出圓心並不困難。在地圖上使用夏米優解答第一道問題的做法就行了，這樣可以求出反應Ａ的移動所畫出的圓Ａ圓心。」

老賢者這麼說著，在地圖上填寫新的資訊。科學家們探出身子看著紙面。

「要分別以相同方式驗證反應Ｂ、反應Ｃ與反應Ｄ，必須觀測在廣範圍到處移動的反應。這個作業即使靠以萬為單位的人手也得耗費龐大的時間，不過——約翰，你有什麼看法？你認為有這麼做的必要嗎？」

阿納萊突然詢問白髮將領。但約翰並未產生猶疑，思考一會之後搖頭。

「……不。」

「喔喔。理由在於？」

「這是關於解釋的問題。精靈發出的訊息是『獨自站在一切的中心』。此處刻意加上『獨自』這個字眼，我想代表的是那些複數的圓只有一個圓心？」

聽到這番回答，好幾名科學家一臉意外。阿納萊滿意地笑著指向地圖。

「——沒錯。從此處能推測出所有尺寸各異的圓並非無關的個別圖形，而是共有一個圓心的同心圓。要驗證這件事並不難，知道圓心和軌道上的一點後，圓的軌道等於毫無掩藏。如果這些反應全都畫著同心圓，在我們預測的所有地點應該都會看到精靈的反應。」

科學家們彼此點點頭，和驗證反應Ａ的移動路線時一樣，再度派士兵前往多個預測地點。結果正如所料——在地面移動的所有反應，都依其模式描繪著圓心相同的同心圓。

證實這一點後，科學家們依照阿納萊博士的提案前往地圖上標出的同心圓圓心。人人都察覺到，用士兵收集資料的階段已經過了。

「總算看見了——這就是這次題目的全貌。」

時間來到晚間九點過後。在星光閃爍的夜空下，草原中央擺放了一張大桌子，老賢者把先前的地圖放到桌上。

在弟子們的目光關注中，阿納萊終於開始將他們的思考引向終點。

「幾個大小不一的同心圓——直接照著看到的狀態來判斷可不行，看法有誤。圓終究只是記錄反應移動路線的結果，這些軌跡的本質是圓周運動而非圓——形成軌跡的本體，是隨時間在平面上移動的點。」

老賢者如此說道，向科學家們低語「再確認一次那個訊息吧」。巴靖立刻問了搭檔精靈。

「獨自站立在一切的中心，喊出其名。」

精靈口中再度說出那個訊息。阿納萊點點頭。

「中心已經找出來了，是從這裡向北走約一百公尺處。接下來只剩獨自站在那裡，喊出其名。那麼——名字是指什麼？這個中心似乎有名稱。這傢伙是誰來著？」

他對在場見證的所有人發問。科學家們投入思考，夏米優也跟站在身旁的伊庫塔一起逐步歸納思緒。

「……圓的本質是移動的點……共享一個圓心，以一天為單位循環的複數圓周運動……」

好幾個關鍵詞漂浮在思考的黑暗中。不久之後——一切像拼圖般整然地拼合起來，他們同時仰望夜空。

「「「「「——！」」」」」

弟子們透過正確的思考找出答案。在他們眼前，阿納萊注視著桌上寫滿註記的地圖。

「沒錯。那就是結論。」

「這是映在地面的天空鏡像。只要仰望夜空，答案就在那裡。」

老賢者告訴他們，同時獨自向北走去。科學家屏住呼吸望著他的背影，重新確認從開始思考到得到結論的過程。

大約以一天為週期循環的圓周運動——也就是周日運動。科學家們知道，自己推導出的這個答案絕非遠離現實的紙上空談，反倒是在自然界中能日常觀測到的事物。

在遙遠的過去——某個不斷仰望星空怎麼也看不膩的人最先發覺了那個規律。按照明確的規律持續運動的無數星辰，與位於圓心那唯一的不動星辰。遠從連指南針都不存在的時代起就作為引導人類的路標，在夜空中閃耀的那個光點的名稱正是——

「吶，北極星啊！」

阿納萊．卡恩站在觀測到的所有圓周運動圓心上，高聲喊出那個名字。於是——戲劇化的變動自那一瞬間展開。

「「「「「已證明其智能水準達標。條件符合——開啟保管庫大門。」」」」」

當精靈們同時這麼告知，距離阿納萊博士站立地點前方幾十公尺處的地面隨著巨響裂開。被推開的泥土底下露出金屬光澤，在愕然的眾人面前，隆起的金屬逐漸形成新的踏腳處。

「呼呼——好華麗的亮相啊！」

阿納萊一步也沒退後地關注著變化，擔心他的弟子們奔向老師身邊。在他們的注視下，露出的金屬踏腳處中央出現某個突起物。那是個大小相當於中尺寸帳篷的圓筒狀物體，狀似入口的部分設有窗戶，看得出內部是中空的。

當整體泛著金屬光澤的物體出現後，地形的變化終於停止。從地面深處傳來的震動也隨之平息——相對的，精靈們再度發出訊息。

「「「「「阿納萊．卡恩、伊庫塔．索羅克、約翰．亞爾奇涅庫斯、葉娜希．拉普提斯瑪——允許以上四人作為代表進入保管庫。此外，若希望進入，搭乘電梯的期限為七十二小時以內。」」」」」

精靈們發出通知點名了四人。阿納萊聽到後悄然開口。

「伊庫塔、約翰還有教皇——一個小時後出發可以吧？」

誰都也無法搖頭。我不會再等更久——老賢者的背影與聲調中的熱情，比起什麼都更有力地強調了這一點。

第三章

Alderamin on the Sky

發條精靈

搭乘電梯深入地下數分鐘後，隨著通知目的地抵達的柔和聲音，電梯門在阿納萊一行人的眼前滑開。四人在門的另一頭看見了——被蒼白燈光映照的走廊隨著岔路通向深處的場景。

「內部空間非常乾淨，地板上沒有一點塵埃嗎？就連要稱為遺跡都叫人顧忌。」

阿納萊走出電梯，立刻伸手撫摸大概是由未知材質構成的牆壁與地板。跟在他身後來到走廊上的伊庫塔和約翰也同樣謹慎的四處走動調查周遭的情況。只有拉普提斯瑪教皇沉默不語地跟在後面看著他們的行動。

此時——在走廊前方搜索的白髮將領突然發現異樣的東西，停下腳步。一樣外形他們很熟悉的東西呈現截然不同的尺寸，放在距離電梯約十公尺遠的牆上的凹槽內。

「這是什麼？巨大尺寸的精靈……？」

「喔。看來似乎在沉睡。」

那是一個約有十歲小孩體型大小的巨大光精靈。約翰和阿納萊走過去試著觸摸，但精靈還是閉著眼睛沒有要動的跡象。不過——當伊庫塔走上前去，在他腰包裡的庫斯開口。

「伊庫塔、伊庫塔。」

「嗯？怎麼了，庫斯。」

「我有事要拜託你。拔出我的魂石放進那個精靈的脖子裡。」

出乎意料的提案令伊庫塔睜大雙眼。他隱約察覺了庫斯的意圖，但就算是本人的提案，他也無法隨意對待長年搭檔的魂石。青年抱起胳臂，苦惱起來。

「……沒有危險？」

「是的，這只是臨時之舉。請放心，我會一直陪在你身邊。」

庫斯用一如往常的溫柔口氣這麼承諾，黑髮青年也選擇相信。他從腰包裡拖出搭檔直接先放到地上。

「我明白了。去吧，庫斯。」

徵得同意後，庫斯閉上眼睛垂下頭，脖子排出像片小石板的「魂石」。伊庫塔謹慎地拿起來，靠近巨大精靈的脖子。

他感覺到掂在手中的魂石被迅速吞進精靈內部。緊接著——巨大精靈在青年眼前睜開雙眼。

「啟動序列完成——各位早安。」

巨大精靈用伊庫塔很熟悉的口氣打招呼，起身離開凹槽。約翰抱著幾分警戒地退後。

「……雖然這樣想過，果然能動嗎？」

「你是庫斯——沒錯吧？」

「是的，伊庫塔。不好意思嚇到你們了。這是接待客人用的機體，接下來由我為各位帶路。」

庫斯露出微笑。伊庫塔一邊回應他，一邊把留在地板上的小身體珍惜的收進腰包，然後詢問突然變大的搭檔。

「你知道這個地方？」

「是的。因為資訊封鎖已經解除，我掌握了設施的內部構造。」

「這裡除了你以外還有別人嗎？」

「現階段啟動的個體只有我。我會依序說明，請跟我來。」

庫斯帶領四人往前走。經過幾道岔路後，他們很快抵達一個天花板挑高的寬敞房間。四張椅子圍著圓桌擺放，照亮空間的燈光和走廊的照明不同，散發溫暖的色澤。雖然牆邊放滿了其他用途不明的機械，不過至少所有人都明白，這裡是供人休息的房間。

「這裡是接待室。我馬上去端飲料過來，請大家在這裡休息。」

庫斯說著消失在房間深處。接下來四人的反應各不相同。阿納萊馬上開始觀察房間內的各種東西，伊庫塔按照建議在椅子上重重坐了下來，約翰不知道在此處該不該放下戒心，站在入口處不動。拉普提斯瑪教皇煩惱了一會，在伊庫塔身旁坐下。

「久等了。」

當約翰認命的坐下時，庫斯端來與人數相等的杯子放在桌上。透明但質感與玻璃不同的杯子裡，是滿滿一杯內部咕嚕嚕冒泡的漆黑液體。凝視著放在眼前的飲料，白髮將領露骨地皺起眉頭。

「……我從不曾看過如此像毒藥的飲料。」

「面對任何事情，首先都要排除先入為主的成見。」

伊庫塔說著拿起杯子湊到嘴邊，突然仰頭灌了一大口。他在錯愕的約翰眼前咕嘟吞嚥下去——

通過口腔的未知衝擊令黑髮青年張大雙眼。

「喔——原來如此，是這樣啊。」

「你該不會其實發瘋了吧？」

「冷靜點。我們自踏入這裡就是甕中之鱉，如果對方想下殺手，我們早就死了。」

青年豁出去聳聳肩。觀察完室內設備的阿納萊走了回來，也邊坐下邊點點頭。

「沒錯。首先，花那麼大的功夫把我們找來再殺掉在道理上說不通。現在坦率的接受招待也不錯吧。」

他說著拿起自己那杯飲料喝了一口。在一臉心驚膽顫的約翰眼前，老賢者發出感嘆。

「喔，這真好喝。在口腔內迸開的刺激感，這是蘇打水嗎？配上獨特的香味，有一種難以描述的清涼感。拿到天氣炎熱的地區販賣看來會流行啊。」

「博士，你覺得像不像那個？我們在挺久以前試做過的古柯葉飲料。如果摻的不是水而是蘇打水，感覺大概就像這樣。」

他們倆馬上針對飲料討論起來。看到這一幕，約翰也漸漸難以壓抑好奇心，猶豫了一會之後毅然地湊到口邊。他先謹慎的用舌尖舔舔味道，很快的說出感想。

「……的確是從不曾品嘗過的可口滋味。」

「就是說吧？庫斯，可以再給我一杯嗎？」

「當然了，伊庫塔。大家也請儘管享用。」

庫斯拿起空了的杯子回到房間深處，比剛才更快步地端回飲料，再度分給大家並開口說道。

「很高興合大家的口味。這是在我們被製造出來的時代世界最暢銷的飲料。難得有機會，我心想該用這種飲料來招待遠道而來的大家。」

他隨口說出的話裡包含了重大訊息。阿納萊立刻指出這一點。

「我們被製造出來的時代——如果我沒聽錯，你剛剛的確是這麼說的吧？」

「我是這麼說的，阿納萊博士。你的假說大體上是正確的。我們四大精靈是在遙遠的過去，這個星球上曾經繁榮的文明所製造的產物。」

庫斯乾脆地——真的很乾脆地承認了這件事。在被沉默籠罩的房間裡，阿納萊哼了一聲。

「先承認了這一點啊？我還以為你會再賣賣關子的。」

「向邀請進入此地的對象隱瞞事實沒有意義。不如說，我們是為了告訴各位這些事才找你們來——我想各位應該有很多問題想問，但請先聽我說明好嗎？」

在被問起之前，庫斯主動提及他做好了說明的準備。聽到這番話，伊庫塔和約翰面面相覷，他們瞄了沉默不語的拉普提斯瑪教皇一眼，同時注視著阿納萊博士。

「就讓我們洗耳恭聽吧。既然你都特地準備了舒適的椅子，即使說起來長篇大論我也毫不介意。」

阿納萊悠閒地說著，深深坐進附有扶手的椅子裡。椅子不知是用什麼材料做成的，就算這樣骨架也沒有嘎吱作響。確認其他人都沒有異議之後，庫斯點點頭。

「那就開始吧。各位請戴上這個。」

庫斯如此宣言，從房間角落拿出看來只像是眼鏡的東西分給所有人。四個人分別露出不同的反應並戴上那個東西，房間的燈光霎時熄滅了。約翰差點猛然起身——下一瞬間，與先前完全不同的景象在他的視野內展開。

「這是在很久以前——如今除了精靈之外誰也不記得的時代的故事。」

庫斯的聲音在屋內迴響。他們的意識回溯到跨越遙遠時光的過去。

——西元二二六七年。東京都千代田區霞關，提克尼卡股份有限公司總公司大廈十六樓。

「博士！我要進來了！」

一名女子一邊面對門扉通過保全系統的視網膜認證，一邊用力敲了兩下門。她並不期待得到屋中人的回答，直接用力打開房門。看見室內凌亂得超乎想像的狀況，女子忍不住險些跪倒。

「……明、明明昨天才打掃過的——……！」

在地板上擺滿精密機器與工具類，甚至散落著用完的液態氮容器的慘狀中，她用腳撥開東西往前走。其中或許包含了踹飛會導致糟糕結果的東西，但現在不是在意這種事情的時候。

「博士！請回答我，立花博士！」

女子環顧亂糟糟的屋內，呼喚對方的名字。此時，堆滿破爛的角落蠢動了一下，一個穿著皺巴巴白衣的人從那裡現身。

「喔～怎麼了，沙普娜？看妳臉色大變的。」

那個人物——叫立花博士的白衣女子推了推擴增實境（ＡＲ）眼鏡，傻呼呼的注視著對方。那副與儀容這個概念天差地遠的模樣，看得她的助手沙普娜頭痛地喊。

「還問我怎麼了！我不是說過今天下午一點要開企畫會議嗎？為什麼妳還待在這裡，會議不到十分鐘後就要開始了！」

聽她這麼說，立花博士從白衣口袋裡掏出掌上型電腦確認時間。她專注於作業擴增實境眼鏡似乎連時間都沒顯示，轉眼間就驚訝得張大雙眼。

「喔喔——？都這麼晚了，真不好意思！我檢查著簡報用的資料，就投入其中了！」

「我知道，快點換衣服！這次會議贊助人也會參加，像平常那樣穿著皺巴巴的白衣可行不通！」

「看我的，就像妳知道的一樣，迅速更衣是我的特技之一！嘿咻嘿咻！」

唰唰唰～立花博士豪邁地一件件脫掉身上衣服扔在地上。沙普娜默契十足地接下所有衣服集中到一個地方，又跑到熱水器那邊往臉盆注入溫度恰到好處的熱水。在助手匆忙行動期間，脫得只剩運動胸罩與內褲的博士走到自己的辦公桌旁。

「你們終於要亮相了。今天就拜託了。」

她逐一撫摸四種呈Q版人形造型的「東西」。等到滿意之後回過頭，發現一個裝滿熱水的臉盆遞到了鼻尖前面。

「下一步請洗臉！洗好之後坐在那裡，我用三分鐘幫妳化妝！」

助手在她的掌心擠上洗面乳。立花博士聽話的用臉盆裡的熱水開始洗臉。當她以活像刷洗芋頭的動作洗完臉坐在椅子上，面對拿著化妝用品鼓起幹勁的助手，博士突然心生疑問開口。

「不化妝也沒關係吧？要展示的不是我的臉，而是資料啊？」

「是臉和資料一起展示！等一下要展開的是場名為會議的戰爭，妳打算連盔甲也不穿就上戰場嗎？」

「原、原來如此，那我的確想穿上盔甲。」

「明白的話就坐正！」

沙普娜駁回她的反駁展開作業。她總是像這樣迅速又仔細地替這個絲毫不在乎自己外貌的人穿戴好盔甲。

「謝謝各位今天前來與會！」

多虧助手的努力，立花博士沒有遲到，在十分鐘後用一絲不苟的套裝打扮站在會議室內。站在她身旁的沙普娜打從心裡鬆了口氣。會議參與者大約有三十人，其中一半是提克尼卡的大股東，可不能因為服裝惹他們不快。

「我是今天負責發表的提克尼卡公司的立花。那麼就馬上開始簡報，請啟動各位手邊的擴增實境眼鏡。」

出資者們按照說明戴上並啟動眼鏡型的裝置。如今做簡報時運用擴增實境或虛擬實境已成為常識，他們依照立花博士的引導，一一參考浮現在空間上的各種資料。

「正如各位所知道的，近幾十年來歐亞大陸的國際情勢不斷惡化。相對於人口的糧食不足導致衝突激化，更進一步造成糧食不足，陷入惡性循環。再加上使用生化武器造成的土壤汙染嚴重化，有部分地區甚至連確保安全的飲用水都成了問題。具體情況如畫面所示。」

博士陸續播放幾段短片。喝著怎麼看都不衛生的濁水的人們、翻垃圾桶尋找殘羹冷飯的孩子們——雖然眼前映出這樣的景象，大部分出資者連眉頭也沒動一下。因為這是事到如今已不值得驚訝的現實。

「即使在迎接二十三世紀的當下這一瞬間，還有許多人不得不像這樣以近代前的生活水準度日。並非只有部分民眾，這些人數隨著時間過去不斷增加。我們從以前起就再三討論過，該如何對他們提供支援。貧困放置不管會招來無秩序狀態，成為以人口販賣為首的各種犯罪的溫床。不用多說，這對於所有國家而言當然都是必須根絕的禍害。」

影像從擴增實境眼鏡的顯示上消失，接著顯示對貧困地區既有支援方式的流程圖。立花博士指出其問題所在。

「物資輸送與人才派遣的支援自不用說。不過，在連政權統一都難以實現的紛爭地區，送達的物質是否能送到需要的民眾手上全看運氣。至於派遣人員前往時，更得加上受傷、遭遇綁架、死亡這些風險。而僱用民間軍事公司的探員擔任護衛，又會壓迫預算。」

代表成本的立方體咚、咚、咚地落下堆疊，用視覺化方式呈現的「資金浪費」使得資本家們面有難色。投入的經費沒產生利益就打了水漂——對於生活在資本主義社會的他們來說，這是最令人不愉快的事情。

「我們想到的方法，是派遣機器人而非人員前往，這麼做基本上不會發生派遣人力時伴隨的保全風險。但是——市面上已開發出許多人道支援用機器人，可是每一台都是精密機器集合體，全都造價昂貴。在談論性價比之前，這方面會在送機器人到貧困地區時造成很大的問題。」

畫面顯示出至今發售的其他公司機器人及價格。一名出資者嘆口氣說道。

「……這樣會被解體轉賣吧。動手的正是當地居民。」

「正如您所料。對於以低生活水準度日的人們而言，金屬本身具有高價值，稀有金屬就更是如此。在機器人發揮作用期間還不要緊，萬一故障無法活動立刻就會被解體。即使是現場有技術人員就能馬上修好的故障，對於缺乏知識的民眾而言也是無技可施。」

就算把精密機器送到缺乏技術基礎的地區，也支撐不了多久。重新確認這個支援發展中國家時被視為常識的事實後，立花博士往下說。

「我們擬定來解決這個矛盾的方針，是『機器人低價化』與『建立循環系統』。第一點是低價化——製造機器人時不用任何從稀有金屬算起的昂貴零件。近年來由於機器工學的代用技術進步，已經有可能實現這一點。製造原料採用廉價的人造稀有金屬等等，拿去轉售也賣不了錢，就不會發生前面的問題。

至於第二點建立循環系統，簡單的說就是在當地建立工廠回收機器人。像前面提到的，這一點與低價化連動，既然賣掉也賺不了錢，修好之後還能使用，可以預測民眾會想修理機器人。儘管建設工廠時需要派遣人員，根據估算，花費還在運行成本的容許範圍之內。」

博士說著在擴增實境畫面上顯示具體的數字。出資者們一邊確認數據的妥當程度，一邊向她拋出許多毫無顧忌的問題。

「當地工廠被襲擊的風險呢？既然開設了工廠，那裡也必須有人駐守吧？」

「請容我從現在開始說明。」

顯示的影像切換，一個長方體構造物帶著宛如實體的存在感出現在出資者們的視野中。

「就像這樣，建設在當地的工廠可以完全化為人類不可能入侵的避難設施。向外開放的出入口僅限於用來輸送原料及機器人的部分，這些地方也會設計成人類不可能潛入。包含內部管理、修繕在內的所有行動都交由工廠自動處理，沒有所謂的作業人員存在。只有警備人員方面，我們考慮僱用當地人擔任，不過在理論上即使完全無人也能夠運作。

唯一的問題是無法避免設施的大型化——在此我希望各位注意的是，用來運作、維持工廠的功能幾乎全部可透過這座設施本身供給。過去的工廠大都是用從外部取得的零件來製造產品，但這座工廠可以自行生產製造工程需要的所有零件。隨著近年來泛用造型機，也就是3D列印機的進化，讓此事有可能實現。向外委託的業務只有籌措與搬運原料，這些行動不需任何特別的技術。希望大家能夠理解，這個自我循環型的系統本身就是一種創新。」

長方體透明的內部顯現出生產線。不用任何作業員也能持續運轉的工廠——在這個時代，人類的文明達到可以實現這件事的水準。出資者們也接受了這個說法，繼續往下討論。

「原來如此，概念我明白了——可是，最關鍵的機器人是什麼樣的東西？」

這是關鍵所在。立花博士咧嘴一笑，暫時將擴增實境眼鏡的顯示畫面全部消除，以眼神向一旁的助手示意。

「請看——這就是本公司正在開發中的量產型人類援助機器人。Assistant Elements 系列的成品。」

他們從沙普娜放在桌上的容器裡探出頭，小碎步走到博士面前排成一列。也許是其外貌出乎意料，出資者們臉上浮現驚愕與困惑交織的神情。

「……尺寸還真小。」

「與其說是機器人更像某種吉祥物，這些東西能帶來什麼幫助？」

他們說出算是理所當然的疑問。立花博士再度開口。

「在報告之前，希望大家先理解到，ＡＥ系列是用來提高貧困地區民眾的生活水準——或維持在一定水準的工具。能安心的飲水、呼吸空氣、隨時都能用火、在明亮的地方過夜、寂寞時有談話對象——這種機器人的用途是保障這些人類追求的最低限度便利性，不會直接給予更多事物。」

「也就是說做不了多少事嘍？」

「說得難聽點是這樣沒錯。考慮到方才提到的低價化與建立循環系統概念，相信各位能夠理解他們可以裝載的功能本身就有極限。」

「這個我明白——話雖如此，派出派不上用場的東西也無濟於事。」

出資者們狐疑地指出這一點。立花博士嘴角浮現大膽的笑容。

「請先聽完我接下來的說明，再判斷他們是否沒用。」

「燕，該你上場了。」說完之後，她向站在最右端的紅色個體開口。小型機器人——火精靈聽到後高舉雙手。

「第一種是火精靈——他們可以從空氣中以及攝取的任意物質裡，製造出符合其性質的燃料。例如給他們吃菜籽，即可做出菜籽油。凡是包含油分的柔軟物體都能抽取出油來，可以積存空氣中的氧氣點火燃燒，還能從喝下的水當中分離出氫。只要有他們在，不怕沒火可用。」

在博士說明時，火精靈雙手的「火孔」呼地竄起藍色的火焰。而且當沙普娜拿出生橄欖餵他吃之後，火焰色澤很快地明顯有了改變。精靈在體內進行了燃料的精製。

「第二種是水精靈——他們特有的功能為抽出與過濾水。從過濾掉被汙染水源中的有害物質的淨水功能算起，與火精靈一樣，他們也具備從帶濕氣的柔軟物體中抽出水的功能。只要濕度並非為零，還能夠收集空氣中的水份。前述項目中愈後面的行動集水效率愈差，但只要不是置身於白天的沙漠中央，保障安全的飲用水不成問題。」

沙普娜拿出雜質多得一眼就看得出來的濁水，讓接著上場的水精靈含在口中。位於精靈軀幹的「水口」轉眼間就流出清澈的水來。博士用紙杯接起那些水，咕嘟咕嘟地喝給與會者看。這是她很擅長的實際示範手法。

「第三種是風精靈——他們的特長是淨化空氣與控制風。在空氣汙染嚴重的區域，這將成為最需要的功能。可以處理的有害物質如現在顯示的一覽表所示，幾乎囊括了現代生化兵器使用的成份——不僅如此，雖然希望這個功能不要有派上用場的機會，不過他們在淨化放射能污染上也有一定的效果。此外，也具備風量可無級調節的送風功能、吸收功能、空氣壓縮功能，在清除放射線污染的許多情況下都很有用。他們同時也是會自我判斷四處活動的清掃機。」

風精靈的「風穴」用以那小小軀體來說強得驚人的功率吸入空氣。噴在空氣中象徵汙染空氣的染色瓦斯立刻被吸收進精靈體內，在持續吸取一段時間後，風精靈口中吐出一個小團塊。沙普娜接過團塊，那是過濾出的大氣污染物質凝聚物。

「第四種是光精靈——他們負責的範圍正如字面意思是燈光。雖然簡單，這是人類生活上不可或缺的功能。地球上依然有很多未供電的地區或電力不穩定的地區，生活基礎建設呈破滅狀態的紛爭地帶也在其中。他們在這些地方也能提供方便使用的光源，藉此大幅提升民眾的生產性。舉個常見的例子，這對靠蠟燭火光讀書的兒童來說將是最大的幫助吧。」

光精靈的「光洞」發出強烈的光芒。強弱與光圈可自由調整，視需要而定，還能開啟精靈全身發光的周照燈模式。更方便的是，光精靈本身可以調整自己的光線照射方向，以最低限度的能源做最有效率的運用。

「使用這些功能的動力，全都由他們自己進行的太陽能發電供應。我想各位應該發現了，精靈們具有的功能大致上皆為現有技術的應用，其本身並無特別新穎之處。不過——讓我補充一句，在這種尺寸的機器人上集結了這四類功能，毫無疑問是本公司獨自開發的成果。」

立花博士抱著身為開發者的自信斬釘截鐵的說。維持實用性並將機體尺寸小型化，是其他公司產品所沒有的ＡＥ系列賣點之一。

「另外，不分種類，所有精靈都有一個重要的特徵。那就是他們可以成為人類的良好交流對象。

根據上述的條件，能夠裝載的ＡＩ精密度有極限，但依然可以和精靈進行遠比貓狗更加高等的溝通交流。舉例來說，在父母出外工作時，代替父母教孩子讀寫——這種活動也是可能做到的。」

如此說明之後，立花博士與眼前的精靈們交談幾句話。有些是簡單的計算、有些是關於歷史的問題，會話內容平凡無奇，但他們對於所有問題都給予了純樸但充分的回答。最令出資者們驚訝的是，對話沒有一般ＡＩ與人類交談時或多或少會有的怪異感。反而不可思議的充滿人味——不只ＡＥ系列，立花博士製作的所有ＡＩ都有這個共通特徵。

「此外，這應該說是限制而非功能——我們開發方非常重視的制約，是精靈的使用者每一人只能與一個精靈締結契約。各位明白為什麼嗎？」

她在此處刻意促使聽眾們思考。結果不出所料，經驗老道的出資者們馬上想到答案。

「原來如此——目的是避免少數人獨占精靈，並促進使用者之間的協調嗎？」

「正是如此。特地把前面介紹的各種功能劃分給四種精靈理由也在於此。當一個社群擁有所有種類的精靈，生活的方便性會大幅提昇。那麼，互助合作的好處遠比互相仇視來得多——我們想嘗試創造令人產生這種想法的環境。我認為這對使用者之間未來可能發生的衝突也會起到一定程度的煞車作用。」

分別持有生活所需的功能，依需要而定互相幫忙。明白計畫連構成這種合作關係也包含在考量之內，出資者們開始討論計畫實現的可能性。

「嗯……無論如何，這是和工廠成套販售的大型商品，不是以個人為對象的小生意。目標客群是國內有貧困地區的國家吧？」

「直接來說是如此，間接推銷給聯合國機構也是個方法，這麼做可以減少對方不付錢的風險。說歸這麼說，這是等到最初的成功案例傳播出去廣為人知後的事了。在那之前，我們必須先自力達成目標。」

立花博士邊說邊再度展開運用擴增實境眼鏡的簡報。熟悉的世界地圖映在出資者們的視野中，並擴大顯示其中一部分。

「考慮到以上情況，最初的修理工廠建設地點，也就是ＡＥ系列出道戰的舞台，我看中的地方是——大家都很熟悉的這個國家。」

畫面顯示出面海的歐亞大陸一角。那個大約在一世紀前迎接經濟成長高峰，後來國力持續緩緩衰退，擁有世界第三多人口的國家。

＊

「……這就是你們的出生背景嗎？庫斯。」

伊庫塔看著擴增實境眼鏡顯示的一部分歷史呢喃。庫斯點點頭。

「是的。正如你們所見，我們ＡＥ系列被製造出來的理由是為了援助在貧困地區艱難度日的民眾。最早投入的地點是現在所說的卡托瓦納帝國——當時稱作印度的國家。二十一世紀末自中東爆發的戰爭對印度留下了深刻的影響，雖然在政治層面一定程度上保持穩定，但國內有許多貧困地區，是符合最初測試案例條件的國家。」

「唔。在突然派遣到重點所在的紛爭地區前，先到較安全之處證明實用性啊。不過在行動前，先聚集了有錢人說服他們發明的優點——嗎？做生意的手法和現在沒什麼不同吶。」

老賢者略帶諷刺地說。剛才看影像看得入神的約翰開口。

「……我有一個疑問，主導這個計畫的是國家嗎？還是超越國家規模的某種組織？」

「不，他們是日本這個國家的民間企業——以透過市場追求利潤為目的的組織之從業人員與贊助人。剛才我說過，我們ＡＥ系列是為了援助民眾而被製造出來的，不過前提是販售、推廣我們能回收的利潤高於製造、物流所花費的成本。」

「總之目的是賺錢嗎？明明標榜了要援助貧困大眾……？」

「以這個時代的倫理觀來說，兩者都是正確答案。優良商品熱賣可以使製造商得到充裕資金，提升他們提供的服務品質，而財富的流動性在活性化的市場也會提升，讓許多人變富裕。在一定的規則範圍內追求利潤的行為會為社會整體帶來利益——請了解這種思考方式在當時滲透了整個社會。」

庫斯的說明令約翰環抱雙臂沉吟起來。察覺他的不滿，伊庫塔聳聳肩。

「我個人認為這種思考方式還滿合理的——先不提這個，庫斯，你今天好健談啊。」

「是的，伊庫塔。除了資訊封鎖解除，這具大型機體本身的規格在輔助我的思考。你可以當作我是因為用來思考的地方變大，頭腦變得比平常敏銳得多。」

「原來如此。我總覺得很高興，今天可以見識到許多過去不知道的你的一面。」

伊庫塔透過擴增實境眼鏡以溫柔的目光看著搭檔。庫斯也露出笑容回應。

「那麼，繼續往下說吧——敘事觀點再回到ＡＥ系列的開發者及母親，立花博士的觀點上。」

＊

——西元二二六九年。印度中央區域的貧困地帶。

「——再靠近～！稍微往右一點……可以了，很好！」

攝影師的聲音在豔陽之下回響。與抱著精靈的當地居民們並肩而立，立花博士臉上浮現燦爛的笑容。

「…………」

沙普娜也在不遠處關注著。打從在這裡採訪開始已經過了三小時，現在拍攝的是宣傳用的素材，但立花博士的表情絲毫不是裝出來的。無論在地球上任何地方，她總是如此。比任何人都更快活的到處活動，為所有看到她的人帶來活力。

「——辛苦了，博士。請用飲料。」

攝影在不久後結束，沙普娜把開封的寶特瓶清涼飲料交給歸來的立花博士。她大口大口地喝了起來。

「噗哈——謝了，沙普娜。剛才沒做多少事，我並不覺得累，但是——這裡果然很熱。」

博士抓著襯衫領口搧風說道。淌著汗水的胸口露了出來，沙普娜立刻向周遭拋去牽制的目光。

至於她本人看來並不在意。

「不過，對妳來說或許不這麼覺得。相隔許久後重返祖國的感覺如何？」

博士滿不在乎地問。沙普娜還顧了周遭一會，搖搖頭。

「……我打從以前開始，就一直無法喜歡這個國家。」

「嗯。」

「特別是這裡感覺很差，會令我聯想起再也不願回去的故鄉……事到如今想想，那裡的環境比這裡稍微好一點。」

沙普娜回憶著自己成長的環境回答。這時候——好幾個小孩不知不覺間包圍了她們。

「大姊姊，妳們是有錢人吧？給我們一些東西吧？」

「請給我錢買藥好嗎？媽媽她生病了。」

孩子們異口同聲地要求著，向立花博士遞出木碗。但她還沒做出任何反應，沙普娜就先煩躁地從口袋裡掏出零錢均等的扔進所有木碗裡喊道。

「其他的我們什麼也不會給！回家去！」

孩子們四散逃開，沙普娜厭煩地嘆了口氣。

「他們行動很老練吧——乞討手法是跟父母學的。就連這種事情，擅不擅長的差異也很明顯。換成人口密度更高的地方，有時候幾乎靠一個人的所得就足以扶養全家人。我說的是乞討喔？很奇怪吧。」

連立花博士也看得很清楚，這番話並非單純的諷刺。沙普娜望著孩子們跑遠的背影，臉上明顯地流露出自嘲之色。

「我屬於不擅長的那一邊——應該說，我極度厭惡依賴路人求對方施捨的舉動。而且無論是撒嬌或博取同情，我都做得很差勁……記得當時，我總是家中的累贅。」

「可是，妳比任何人都擅長處理數字。對吧？」

「直到很久以後，我才知道這種技能賺到的錢遠比乞討更多……曾有某個非營利組織為了做社會調查針對貧困兒童舉行了智能測驗。我不經意地試著參加，測驗成績特別優秀，成為我人生的轉機。」

天氣炎熱得令人額頭冒汗，從體內襲來的寒意讓沙普娜的身體顫抖了一下——她想像了自己沒有得到那個機會的下場。

「沒有那樣的巧合，任何人都無法脫離貧困的迴圈……此處一定也是那樣的地方。不過，怎麼樣？我們帶來ＡＥ系列，能夠稍微改善他們的困境嗎？」

「我是相信做得到才製作的。至少——應該能避免像妳一樣有才能的人，在成長過程中連學習四則運算的機會都沒有的狀況。這是很大的差異吧？」

立花博士拍拍對方的肩膀。沙普娜點點頭……彷彿纏繞著全身的無力感，隨著博士的發言稍微減輕了。

「……吶，那是什麼～？」

此時，背後突然傳來稚嫩的聲音。她們回過頭，看見一名年僅七、八歲的純真少女站在那邊。她和剛才那群孩子不同，似乎無意乞討，手中什麼也沒拿。相對的，女孩子指著博士的臉龐問。

「嗯，妳是說擴增實境眼鏡？這個不能給妳，不過妳要試戴看看嗎？」

她操控了一下顯示後，將眼鏡型的裝置摘下交給少女。沙普娜提高警戒，好在對方打算拿了就跑時也能立刻攔住人。但少女直接戴上擴增實境眼鏡，霎時間充滿視野的資訊令她發出驚呼。

「哇——看得見好多東西喔！」

「畫面顯示的是兒童向的新聞網站。有什麼令妳感興趣的報導嗎？」

聽他這麼問，少女指出主題之一的影像——放在月球表面上的大型構造物。

「……這個形狀奇怪的東西是什麼？」

「喔，妳的著眼點很不錯。那是人類為了邁向外太空開發的最新技術，裝載貝特拉姆動力爐的太空船試作一號機。」

「外太空？」

「就是指在天空的另一頭的另一頭——沒有人去過的地方。因為非常遙遠，即使搭乘這個世界速度最快的交通工具也得花費幾億年才能抵達。所以我們需要更快更快的交通工具。像妳也是，如果去很近的地方走路就好，遠一些就要騎腳踏車，如果更遠還需要搭車吧？太空也一樣。」

「我還不會騎腳踏車，正在跟哥哥一起練習。」

「很好啊。像這樣努力下去，妳遲早能夠開非常厲害的交通工具。比方說，像這種外太空探索船。」

博士用一本正經的口氣說道，聽起來不像是說好聽話哄孩子。讓人感覺太空船就在腳踏車的延長線上——就是這個人了不起的地方，沙普娜重新想道。待在立花博士身邊，人不會忘記該怎麼作夢。

盡情享受過未知資訊後，少女滿足地將裝置還給博士，活力十足地跑回應該是她父母的成人身旁。隔著重新戴上的擴增實境眼鏡目送她的背影離去，博士開始檢查平常瀏覽的新聞網站。

「可是——太空開發的情勢依然充滿煙硝味。隨著試作機愈來愈接近完成，各方都傳來喝倒采的聲浪。很可惜我沒有直接參與合眾國的計畫，但身為一名科學家感到心情很複雜。」

「在天空上開發未知的動力裝置，被別人視為威脅也是無法避免的。人類本來就有過核能這個前例了。」

「從原理來說，的確是與核能相比也稱不上安全。但正因為如此，才選擇建設在月球表面而非地球上，被人猜忌是奉行祕密主義或有陰謀那不是很傷腦筋嗎？計畫正式取得了聯合國的核准，如果月球不行，蓋在火星上他們就滿足了嗎？」

「那麼做他們只會換個藉口來抱怨而已。從很久以前開始，人們對於太空開發的期待就不斷下降。有些人認為如果有那麼多預算還不如撥給他們用，也有一些人從以前起就認為未知的技術全部觸犯了宗教禁忌。」

「如果往後只靠一個地球也養得起持續增加人口，那也可以啊。事實上，不靠貝特拉姆裝置的實用化使以將其他星球地球化為首的太空開發大幅躍進，代表在兩世紀後全世界會餓死超過三十億人。我認為忽略這個數字並非上策～」

立花博士手扠著腰嘀咕。因為那個動作很可愛，想多看看她噘起嘴唇的臉龐——沙普娜忍不住多餘的諷刺道。

「那麼一來對於ＡＥ系列的需求會增加。開發者立花博士或許會被當成救世主。」

「在一個沒拯救成功的世界裡？這我可不怎麼贊同啊。」

博士不滿的說著聳聳肩。沙普娜毫不厭倦地從身旁偷看著那張表情變化多端的側臉。

＊

「——意思是說，當時的人以遷移到其他星球為目標嗎？」

約翰用自己的方式整理資訊後發問。庫斯點點頭回答。

「他們一直以此為目標，也有這麼做的必要性。人口過多或是過少——當時存在的國家幾乎毫無例外都有其中一種問題，而且人口正以全球規模不斷增加。調整出生率，是他們之間直到最後都沒找出解決方法的主題之一。」

約翰臉色嚴肅地抱起手臂。就連在受到現今無法相比的高技術水準支持的世界，似乎也和理想鄉相距甚遠。體認到這件事的他陷入思索，在他身旁的老賢者迅速的熟悉了擴增實境眼鏡的操作，擴大了一部分靜止的影像開口。

「可以離題一下嗎？——在我看來，在談論技術之前，他們基礎上使用的動力似乎就與我們不同？」

「我後面會說明電力文明的形成，因為這是你們在不久的未來會面對的事情。只是——很遺憾的是，關於之後的技術的資訊封鎖並未解除。就算解除了，作為前提的知識也太過匱乏，我判斷在現階段連大略說明也不可能做到。」

庫斯歉疚地說。我想也是——阿納萊意外地接受了這個解釋。在影片中出現的科學技術，和他們生活世界中的技術相隔太遠。老賢者察覺，那樣的距離無法輕易地彌補。

「雖然如此，我還是展示了剛才的場面給各位看，因為內容中有包含了許多要談論之後的歷史不可或缺的要素。在ＡＥ系列開發的十年後——他們開始歷經災難。」

庫斯繼續述說起來。時間從上一個場景跳躍——他們目睹了一個文明走向終焉的光景。

＊

——西元二二七七年。地球衛星軌道上，新型太空船「奧德賽」操縱室。

「……啊。終於來到這裡了嗎？」

注視著前方螢幕映出的藍色星球，負責為這艘太空船值得紀念的處女航掌舵的男子大大發出感嘆的吐息。並排坐在座位上的同事們，人人也露出相同的神情。

「好漫長……真的好漫長啊。」

「是啊——老實說，我已經做好了僅僅訓練完就中止的覺悟。」

一名乘組員用顫抖的聲音回應。他們從計畫初期就被選拔為登船成員，接受了許多作為太空人的嚴格訓練，但那些努力化為泡影的可能性也很大。各種政治與經濟相關問題，差點讓這艘搭載貝特拉姆裝置的太空船「奧德賽」的建造工程在半途中斷的次數也不只一、兩次。他們打從心裡感謝跨越了那一切困難迎向今天的幸運。

「——唔，船長。抱歉在你沉浸於感慨中時打擾，不過有大規模的太空垃圾群正在接近本太空船。」

「嗯，太空垃圾的數量在這兩世紀以來驟增啊。別在意，若非特別大型的物體，不需要特別處理。大家應該都切身了解這艘船防護盾的可信賴度吧？」

「您明白嗎？任何人都不喜歡閃閃發光的新車被硬幣劃傷啊。」

一名戴著擴增實境頭盔的乘組員看著映出太空垃圾群的三維雷達抱怨。此時，另一名乘組員說道。

「好了，到了該向地面廣播的時候了。幾乎和太空垃圾群的通過時間在同一時刻啊。」

「要整理頭髮的，這是最後機會嘍。這可是向全人類募集情人的難得良機——大家沒有什麼事還沒做吧？」

乘組員們用視線與點頭回應詢問的船長。很快的，其中一人開始倒數。

「要開始了。3、2、1——地球上的各位，午安——」

正要對全人類發出的第一句話——卻被同時襲來的劇震打斷了。

——同年同月同日。提克尼卡公司，印度海德拉巴分公司大廈地下三樓。

「……嗚……！」

從昏睡中醒來的立花博士，首先感受到襲上全身的不可解悶痛。

「嗚……咕……！」

她搞不清狀況，兩手撐著冰冷的地板爬了起來，帶著頭痛和暈眩搖搖晃晃地環顧四周，發現室內有大批同事昏迷倒地。在身旁發現熟悉的助手，她先搖了搖她的肩膀。

「沙普娜……！妳沒事吧？沙普娜！」

沙普娜在沒多久後睜開雙眼，慢慢地坐起上半身。她似乎同樣感到頭痛，摀住額頭皺眉。

「……妳叫醒了我。還好嗎？立花博士。」

「嗯。身上可能有什麼地方的骨頭裂了，但總之還能行動。無論如何，得快點求助──唔？」

博士半反射性地從口袋中拿出掌上型電腦，在螢幕上並未出現代表在可通訊區域的天線圖案。

沙普娜也拿出自己的裝置確認。

「我的掌上型電腦也離線中……博士，妳記得在喪失意識前看見的影像嗎？」

「……嗯。那真的只出現了一瞬間，可以的話，我希望是我看錯了。」

兩人一點一滴的回想起直到目前為止發生的事。沒錯──她們今天本來應該和印度分公司的同事們一起見證人類史上的一大活動。在月球表面上建造、裝載貝特拉姆動力爐的太空船終於完成，凱旋歸來。它會引發太空船的燃料效率革命，暗藏著超越等同於無限的距離，將航向外太空的潛力。每個人都透過各自的掌上型電腦，興奮地關注著那艘太空船抵達地球上空悠然停駐的模樣。

但是，那艘可以說是人類希望的太空船──爆炸了。在全世界超過一百億人的注視下，太空船以不可能是刻意分離的方式炸得粉碎。人們只能啞口無言地目睹著在畫面另一頭發生的狀況。

「……先不提是意外還是蓄意而為的案件，太空船在地球上空分解了。接著掌上型電腦立刻響起警報，原本在大廈三樓的我們衝進了地下樓層。」

「但晃動還是強得令我們昏迷，可見襲來的衝擊力相當強。儘管以機率來說非常低，是太空船的碎片掉落在非常近的地方嗎？」

「如果是那樣，我們只要感嘆自己倒楣就行了，不過──」

這兩人談話途中，其他社員們也紛紛起身。兩人一邊四處檢查他們是否有受重傷或身體失調，一邊來到設置在房間門口的固定裝置。平常裝置都是與擴增實境眼鏡連動運作，但現在沒有發揮功能，不得以只好操作主機的觸控板來確認狀況。

「很好，備用電源和公司內的線路可用。似乎只有無線通訊無法使用。看來能夠靠攝影機畫面來確認上方樓層的情況。」

她這麼說著，用自己的權限連結監視攝影機的資訊——眼前映出的景像，令兩人同時倒抽一口氣。

「……太慘了……」

沙普娜用顫抖的聲音呢喃。殘存的攝影機映出所有物品散亂一地如戰場般的室內景像，以及人們流著血趴倒在地的身影。

「破壞與傷亡都集中在上方樓層。但是……襲擊我們的究竟是怎樣的衝擊？這跟被熱流席捲的狀況不同。簡直像是遭到強力的微波照射過一樣……」

一眼就能看出上方樓層的人們已經斷氣了。遺體異樣的損壞狀況，看得立花博士皺起眉頭——就算炸彈落在近處也不會變成這副慘狀。她曾看過二十一世紀中期被戰術核彈炸過的城市影片，但樣子也不同。她未曾目睹的慘狀在影像中展開。

「無論如何，逃進地下看來沒有做錯。只是，這樣子只能看見公司內與大樓周遭的情景。若能更廣範圍的俯瞰，可以看出被害規模。但是……」

博士繼續操作裝置，想找出辦法。此時，在後方關注的一名同事赫然回神開口。

「啊——博士，我有自動飛行無人機。雖然因為無通訊功能無法做實況轉播，要是只派無人機飛出去拍攝影像再回來，大概——」

「好極了！拜託了！」

博士馬上點點頭。男性工程師輸入指令將他的無人機和掌上型電腦連結起來，讓無人機從打開一條縫的房間門口飛向地面上。

「去吧！拜託別搞砸了……！」

無人機應當會依照自動飛行軟體的判斷往返於目的地之間，但有時途中的道路堵住時就會卡住。眾人一邊期望別發生這種情況，一邊等候了十幾分鐘——回應大家的期待，成功達成任務的無人機回到他們身邊。

「幹得好！可以馬上播放影像嗎？」

「沒問題！雖然畫面很小……！」

男性工程師迅速地說，將無人機拍攝的影片顯示在自己的掌上型電腦上。無人機穿越通往地面的通道飛到建築物外，直接筆直的升到上空。其視野很快俯瞰市區全景——

「——啊……」

他們目睹了烙印在整座熟悉的城市上的破壞痕跡，以及四處竄起的火勢。

甚至連哪裡是損壞的中心也無法判斷。在無人機視野眺望範圍內的地表上，有數不清多少棟房屋倒塌、道路斷裂……

「……博、博士……」

沙普娜口中發出顫抖的聲音？立花博士用力咬著嘴唇。

「……如果是因為碎片墜落在附近才造成的，那還算好。那樣災害的規模還只限於都市程度。」

她花了一番力氣才從僵硬的喉頭擠出聲音。因為她知道，就連那個死亡人數以萬為單位計算的預測都只是樂觀的預期。

「然而——若非如此，在最糟的情況下災害會達到地球規模。」

＊

「——事情究竟為什麼會變成這樣？」

當立花博士一行人遭遇的大災害慘狀以正確的規模展示眼前，約翰發出接近哀鳴的吶喊。在他視野中顯示的地球３Ｄ模型，已被鮮紅的破壞波動徹底覆蓋。

「那是貝特拉姆動力爐在運作中墜落到地球上造成的影響。動力爐掉落在太平洋的一處與大西洋的兩處，落地後在所有墜落地點立刻發出強烈的衝擊波。化為第一波災害襲擊地表的群眾。」

說的內容愈是嚴酷，庫斯的敘述愈顯得平淡。阿納萊的肩膀微微一動。

「……你剛才說第一波？」

「是的。以受害的規模大小來說，接下來展開的第二波災害更為嚴重。剛才是在空氣中傳播的衝擊波，第二波則是字面上的波濤——以動力爐墜落地點為中心產生的海嘯，襲向地球上所有沿岸地帶。在這個時間點，推測死亡人數超過五億人。」

庫斯說出的數字遠遠超乎他們的想像。死亡人數五億人。卡托瓦納帝國的總人口約為兩千萬人，這代表有多達二十五倍的人在短短幾小時內喪命。而且這還只是災害初期造成的犧牲。

「不過，對於人類而言最大的打擊，是從這一瞬間開始的世界斷裂。」

「斷裂？」

伊庫塔直視著滅亡的序幕插口。庫斯點點頭補充說明。

「換個說法，就是情報網被切斷——直到那一天為止，地球上的所有國家都透過名為網路的高速通訊手段連結在一起。只要手邊有裝置，就能以極少的時間落差確認任何瞬間在地球上的何處發生了什麼事。過去發生大災害時，可以運用網路從平安的地區提供必要的支援。」

高速的網路與周密的合作，這是昔日的人類得到的最大優勢。可是——襲擊他們的災厄第一擊就讓這個優勢陷入機能障礙。

「就算沉入深海，貝特拉姆動力爐發出的強力電磁波仍然干擾了全世界的通訊。這場災害的受災者遍及全人類——但因為沒有管道互相通知，所有位於受災地的人被迫只靠自己因應狀況。這對擁有廣大國土的國家內部來說也是一樣的。」

*

——西元二二七八年。印度泰倫加納邦北部難民營。

以生產、修理精靈們的工廠為中心，帳篷與營房擁擠地搭建在一塊。距離那場被稱作大墜落的太空船墜落事件發生後過了八個多月，因災難失去生活基礎的人們不斷湧入這裡。

「……沒想到就連兩世紀也不肯等啊。」

立花博士在工廠旁坐下來，望著難民們的樣子如此呢喃……為了尋求精靈湧來的人群。若不採取解決方案處理人口爆發問題，隨著時間過去，對ＡＥ系列的需要會更加提升——從前沙普娜說過的黑色笑話，以時間大幅提前的形式實現了。

正當她想著這些事，沙普娜正好跑回來站到她身旁。

「……我收集倖存者們的證言，終於確認完畢。除了海岸一帶被淹沒的地點以外，我們建造的工廠似乎全部殘存下來了。多虧避難設施化讓工廠挺過了衝擊波，現在人們以那些地點為中心形成了難民營。」

「這樣嗎……總之，能得到活用應該值得高興？」

複雜的感慨湧上心頭，立花博士姑且這麼說出口。空氣中出現一段沉默——不久後，她的助手難以啟齒地說。

「……對不起，博士。還沒有聯絡上妳在日本的親友……」

「啊，沒關係沒關係。自從聽說了這裡的沿岸地區受災狀況，我想像得到四面環海的祖國會面臨什麼下場。」

博士臉上浮現乾笑揮揮手。不必親眼確認，根據到今天為止收集的片段事實，也讓她判斷出遙遠故鄉的現狀。

「唉，首先東京無庸置疑是毀滅狀態。連把政府功能轉移到內陸某地都不知是否辦得到……更糟糕的是，災害發生時間正值國會會期。有幾名閣員與議員活下來了？首先這點就值得懷疑。」

「……嗚……」

「如此一來，還是想期待內陸地區廣闊的美國、中國、俄國迅速展開對應——不過在現階段，每個國家光是處理自己國家的事情就很吃力了吧。我們暫時也必須在這裡求生。」

她一邊說話，一邊用水精靈過濾過的井水潤潤喉。生活基礎設施的復原遲遲沒有進展，許多民眾都是靠這樣暫時湊合過去。

帳篷的數量看起來比昨天更多，沙普娜不安地回頭望向背後的工廠。

「想要精靈而來的人日漸增加，生產與修理跟得上嗎？」

「暫時還沒問題，快要超載時就引導他們去別的工廠。考慮到地區人口，其他地方應該沒那麼熱鬧。」

立花博士冷靜地如此判斷——與倖存的同事們一起離開公司後，她們眼見都市區域的生活基礎建設被摧毀，立刻以工廠為中心著手設立難民營。這行動拯救了許多無處可去的民眾，但至今還找不到讓他們恢復原先生活的方法。

博士望著人們的樣子，不經意地從白衣口袋裡掏出掌上型電腦。雖然電腦透過精靈充電還保有功能——她正要無意識地檢查郵件和社群網站，又不知道是第幾次想起來，現在無法這麼做。

「又來了。明明知道網路不通，習慣卻很難改掉……只要有台電腦就能跟任何人聯繫上的時代，事到如今像場遙遠的夢。」

博士仰望天空如此呢喃。沙普娜什麼也說不出口，在她身旁坐了下來。

得知立花博士從災害剛發生後就盡力援助難民們，又加上ＡＥ系列的活躍，印度政府與她締結正式的合作關係。隨著時間過去，來探詢資訊的各國飛機也頻繁地在機場起降，不過其中也有人是為她而來。

「博士！合眾國的訪客指名要見立花博士！」

當助手沙普娜呼喚時，博士本人正在記錄難民營居民和精靈們的交流情況。她停下敲打著掌上型電腦虛擬鍵盤的手回過頭，站在沙普娜背後身穿軍裝的男子高興地喊。

「喔喔！妳就是精靈的開發者，Dr.立花嗎！真叫人驚訝，原來是位遠比照片更楚楚動人的女性。」

「好久沒聽見這類笑話了，你是合眾國人吧。先生，可以請教你的名字嗎？」

「我叫費德里克。如妳所見的是軍人。我有很多事想與妳討論，但在這裡不適合。可以請妳上我們的飛機嗎？」

男子用拇指比著機場。博士姑且警告了一句。

「這是無所謂，不過請別直接綁架我。雖然我不是什麼了不起的人物，可是這裡各方面都需要我。」

「我們不會做出綁架的勾當。只是——不只這裡，全世界都需要妳的能力。這表示妳是個非常了不起的人物，只有這一點要記住啊。」

費德里克神情十分嚴肅地這麼說。從那番話中感覺不到一點客套，反倒令立花博士心中一陣騷動。

和助手沙普娜一起上車被載往機場，處理完一些外交上的麻煩手續後，立花博士被邀請到費德里克搭乘的合眾國小型飛機上。有一部分座椅被撤掉設置了待客空間，一位中老年男子在那裡等候著她。

「初次見面，Dr. 立花。見到妳是我的榮幸……初次見面是在這種情況下，我真是無言以對。」

男子開口第一句話就自嘲地說。一看到他的面容，立花博士驚訝地張大雙眼。

「——Dr. 貝特拉姆？難道是本人？」

「……沒錯，就是那個貝特拉姆。請原諒我們來訪卻要勞煩妳來飛機上的失禮……以我現在的處境，無論在何時何地被人圍毆也不足為奇。」

臉色疲憊不堪的貝特拉姆說。立花博士倒抽一口氣。被設計為太空船動力爐，本應隨著實用化開拓人類未來的貝特拉姆裝置——眼前這名男子正是其開發者。可是，人類目前自身的狀況與他的企圖正好相反。

「如果見到你，我有一件事一直想問。那是——那是意外嗎？還是蓄意而為的事件？到底是什麼出了問題才會弄成這樣——？」

「從結論來說，兩者皆是。直接的原因是在衛星軌道上的細微太空垃圾內摻雜微型炸彈這種嶄新的恐怖攻擊手法。雖然還無法斷定是誰下的手，若非如此，那麼危險的東西不可能在太空中飄流。不過——」

「不過？」

「……恐怖攻擊的可能性本身雖低，我們一直都設想過。也模擬過恐攻對發動機部分造成重大損害的情況。可是……在動力爐被催毀上萬種模式中，包含屈指可數的幾種『難以預料的事態』。我們抽中了。」

貝特拉姆像要吐出過於苦澀的團塊般說道。立花博士用了大約十分鐘聽完接下來更專業的說明，口頭整理大致的內容。

「……總之，政治方面的焦慮促使你們將計畫提前，招來安全管理上的不周，再加上嶄新的恐怖攻擊手法，導致前所未有的災害發生——是這麼回事嗎？」

「正是如此……事到如今這算不上任何藉口，不過我從事前就提過剛才列舉的不安因素。為求萬全起見，我報告過應該把計畫執行時間放在一年後。可是——可是，政府沒採納！人人都焦慮不已！一旦輸給社會輿論停止供應經費，貝特拉姆裝置再也無法實現！想到在那之前不做出結果人類就沒有未來，我們太過焦急了……！」

貝特拉姆後悔的揪著頭髮。想到他們此刻與開發當時的心境，立花博士也什麼都說不出口。

她知道……與隨著實現拓展的可能性相反，貝特拉姆裝置是在懸崖邊緣的發明。在各國對太空開發退燒的時勢中，他的發明曾被形容為最後的燈火。面對預算受社會輿論逆風影響被不斷刪減的處境，他們持續奮鬥著。這完全是為了改變三十億人餓死的未來——

「…………！」

因為努力操之過急，冷漠的社會觀感促使他們更加焦慮，再加上不知何人充滿惡意的恐怖攻擊——導致了這種慘事嗎？一想到這裡，她咬緊嘴唇。事情的來龍去脈實在太過、太過令人遺憾心痛了。

「……Dr.立花，我很熟悉妳的事，特別是熟讀過妳關於ＡＩ的論文。最重要的是——即使專業領域不同，妳試圖拯救人類未來的志向讓我產生共鳴。要把自己闖的禍硬塞給妳來收拾，我現在真的感到非常慚愧……」

貝特拉姆垂下頭無力地說。立花博士雙手強而有力的抓住對方的肩頭，不讓他再往下講。

「我們談論未來吧，Dr. 貝特拉姆。你特地來這裡拜訪我，應該有相應的理由才對。」

無論對過去再怎麼後悔，人都必須往前看。她筆直看著對方傳達這樣的想法。貝特拉姆抬起頭，在此刻第一次正面面對立花博士。

「沒錯，妳說的對，我是來和妳談論未來的，談論非常……非常黯淡無光的人類未來。」

他留下這句前言後開始訴說——所說的內容令立花博士這次忍不住發抖。

他說——作為大前提，掉進海中的貝特拉姆裝置接下來會在無法控制的狀態下持續運轉數千年。不存在破壞和回收的手段，胡亂出手很可能引發與大墜落同等規模的二次災害。

失控狀態的動力爐核心部分散發的各種特殊電磁波——統稱為貝特拉姆波，會帶來廣及全地球的通訊障礙之外的可怕負面影響。氣候變化、海平面上升、隨之而來的對生態系統的干擾——問題多得數都數不完，不過其中有一種將對人類造成最直接的打擊。那就是兒童生存率驟降。貝特拉姆波對於缺乏抵抗力抵禦外壓的孩子們來說會構成最大的威脅，導致他們大多數在成長前死亡。根據研究的預測數值，在目前環境下能倖存長大成人的兒童，二十人當中只有一人——

花費超過一小時聽完所有內容後，立花博士用掌上型電腦接收了對方裝置中包含細節的資料。哪怕是她，也一時之間說不出話來。人類置身的處境比自己預期的最糟結果更糟糕，那個事實令她愕然不已。

「……我能做些什麼？」

她做了好幾個深呼吸，勉強地開口。貝特拉姆用問題回答了這個問題。

「妳今後也會繼續增建ＡＥ系列的工廠嗎？」

立花博士點點頭，從口袋裡取出小型記錄裝置交給對方。

「請帶回去。從精靈個體到工廠所有的設計圖都在裡面。本來我應該請示總公司的意思後才下這種判斷……但直到今天都沒接到任何聯絡，就算等下去大概也沒有用。」

現在的狀況不是能考慮一家企業的利益來行動的時候了。貝特拉姆彬彬有禮地接過記錄裝置，但注視著手中東西的他卻露出十分悲傷的表情。

「謝謝。不過——實質上來說，除了此處之外，ＡＥ系列普及的機會不高。」

立花博士張大雙眼。既然特地來找自己，她還以為對方的目的是把精靈們帶回國去，這句發言出乎意料之外。

「意思是沒有必要？合眾國的國家功能已經恢復到那種程度了？」

「若是那樣就好了，但現狀和這裡差不多。不是這樣，問題反倒出在人心。妳也想像得到，那一場墜落會對我國的政治風向造成什麼影響吧。」

貝特拉姆發出沉重的嘆息。立花博士的表情變得消沉起來。發生失去那麼多條人命的事件，民眾不可能不追究責任歸屬。

「社會輿論全面導向反科學。末世論者再也沒有比現在更得勢的時代了。我們科學家一邊被他們當成攻擊目標，一邊竭力維持著發言權。而我這個元凶，不論何時被放在火上烤也不稀奇。」

「…………」

「要說有希望的地方，那就是已經認識妳的地區。以亞洲為中心增設工廠吧。受過精靈恩惠的人們口耳相傳的口碑比什麼都還有力。」

貝特拉姆這麼說著，向佇立在他背後不動的費德里克舉起一隻手示意。軍人看到後，拿來一個雙臂合圍大小的手提箱。

「我們也有東西要交給妳……這是新型人類的種子。」

立花博士一臉疑惑地注視著貝特拉姆遞給她的箱子。對方臉上浮現苦笑。

「裡面裝的不是什麼科學怪人小孩。簡單的說，這是更新人類硬體的修理包——調整遺傳基因改變人類身體功能的變異誘發劑。為了預防這種狀況，我國也做了研究。儘管基於道德問題無法大張旗鼓的進行——就算沒有那個事件，我們打從以前起就預測到會發生地球規模的環境變動。」

「基因操作嗎？」

「沒錯。為了跨越剛才說明的環境變化，只有逃進地下深處或改造身體兩個選擇……我國的主流看來暫時傾向前者。目前各地正在規劃預算建設地下都市。雖然民眾認為這是選民思想，反對聲浪不絕於耳。」

立花博士姑且收下手提箱，一臉複雜地思索著。

「只有有限的人在地下生存下來，或是只有改變遺傳基因適應環境的人生存下來……要二選一的話，哪一種更具選民思想，真是難以判斷。」

「至少在這個國家，後者的確較符合現實。如果民眾有意這樣選擇，妳在還有餘力時量產那種誘發劑吧。處方很簡單。只要為懷孕不滿三個月的孕婦接種，生下的孩子就有極高的機率得到適應環境的身體。當然，後代子孫也一樣。」

也就是說，這並非僅限一代的治療或改造，而是對作為種子的人類做加工。若非如此，人類甚至無法承受這個狀況，貝特拉姆說道。再次體認到事情的嚴重性，立花博士問對方。

「增設工廠與增加能承受往後環境變化的新型人類……如果不逃進地下，在時限到來前能採取的手段大致來說就是這兩種嗎？」

「或許還有其他方法，可是我想不到。接下來我打算前往其他國家到處傳達相同的訊息。雖然我不知道他們會不會相信？」

貝特拉姆臉上流露出比自責更強烈的責任感。他向立花博士深深低頭，如祈禱般的告訴她。

「請讓人們存活下去，立花博士。儘管不願這麼想，當其他國家悉數採取錯誤手段時——這裡說不定將成為人類最後的堡壘。」

結束和貝特拉姆的會面後，他們派車送兩人回到印度政府分配的官方宿舍。回到自己的房間裡與沙普娜兩人獨處後，在車上一直陷入沉思的立花博士相隔許久後開口。

「……先不提增設工廠，問題在於變異誘發劑。」

她指向放在床鋪上的手提箱說。這東西不只交給她，應該也直接交給了印度政府。就算如此，那依然是左右人類未來的極度重要物品。博士環抱手臂注視著手提箱。

「這是合眾國開發，貝特拉姆博士親手送來的東西。內容當然要做檢驗，不過效果值得期待。可是──要為民眾接種，需要先有前例。」

也就是一開始需要做人體實驗。她承認這一點，大而化之地說。

「沒辦法，隨便找個丈夫生孩子好了。」

「────？等等，妳說什麼！」

沙普娜前所未有的慌亂起來逼近對方。立花博士愣愣的反問。

「還問我說什麼，沒人先帶頭嘗試就無法開始吧。按照這個狀況，由我和那個孩子來帶頭最為自然吧。」

「不、不能讓妳這麼做！如果博士現在懷孕無法行動，要由誰來推動工廠的增設！唯獨妳必須保持可以四處奔波的身體才行啊！」

「話是沒錯，不過變異誘發劑果然也──」

「不行！絕對不行！與其讓妳生乾脆由我來生！」

沙普娜頑固的搖頭，以接近尖叫的聲調堅持。她雙眼中浮現的淚光，為立花博士急切的想法猛然踩下煞車。

「……對不起，沙普娜。看來我想得太過極端了。我們彼此都冷靜點。」

她手搭在對方肩上安慰道。沙普娜換氣過度地喘息一會，在不久後恢復冷靜，擦去淚水說道。

「……我認為沒必要焦慮。在印度這裡，富人階級也從以前起就有生遺傳基因調整嬰兒的風潮。只要得知現在的狀況別說改善反倒會逐漸惡化，他們就會主動來爭取『強化兒童身體的藥』。」

「我很想增加使用者，但我想盡可能促使他們冷靜的判斷。這也涉及個人的信仰與思想信念。因為這種藥會把被調整過的基因流傳給後代子孫。」

「就算如此，應該面對這件事的也是使用者本人。妳只是收下了貝特拉姆博士託付的東西，並非這藥劑的開發者。妳沒有帶頭嘗試的義務，請別背負過度的責任。」

沙普娜幾乎是瞪著對方這麼說。立花博士點頭同意，但還是無法擺脫心中一角殘留的顧慮。

「……我和貝特拉姆博士一樣，也是科學家的一份子。也支持過貝特拉姆裝置的發明。關於人類現在的境遇，難道可以說我沒有一部分的責任嗎？」

「即使有，負責的方法應該是普及ＡＥ系列。不是嗎？」

助手的回答始終堅定不移。立花博士露出苦笑。接下來自己該怎麼做——聽到由其他人來告訴她，總讓她覺得背上發癢。

貝特拉姆的預測全數言中。世界規模的通訊障礙始終沒有恢復的徵兆，大型颱風以異常的頻率生成並襲擊受災地，物資運輸不暢的地區陸續發生暴動——最嚴重的是，全世界的兒童因為原因不明的疾病接連死亡。

與持續惡化的狀況成正比，對ＡＥ系列的需求無止境的增長。歐亞大陸各地都增設了工廠，成為當紅人物的立花博士為了進一步推廣精靈在各地奔走。貝特拉姆博士給她的基因改造藥也在同一時期受到矚目，害怕孩子死去的大人們爭先恐後的到醫院求藥，大排長龍。

「變異誘發劑的生產量完全跟不上民眾的需求！Dr.立花，妳有什麼好點子嗎？」

「沒辦法了。沒有更多的人手與設備可以投入更大量的增產。因為貝特拉姆波的影響，沒避難設施化的廠房本來就不斷老舊化……只有趁著還能生產，盡量把藥提供給更多人。」

從印度算起，也有許多各國政府來徵詢建言，可是在支援科學家的社會本身衰弱的狀況中，她能夠做到的事情也有限度。貝特拉姆波不僅對生物也對建築物的耐久度造成影響，未經過特殊處理的房屋隨著時間過去以異常的速度老舊化，長年保存的世界遺產也陸續崩塌。如今，任何國家都沒有剩餘的預算可以花費在預防這一點上。

印度的狀況也時時刻刻在改變。因為聽說了免費發放ＡＥ系列的消息，難民從週邊地區湧入。而在大墜落前建設了許多工廠的其他地區也一樣。

「——現在變得看得到各種不同的人種了。亞洲與中東、俄國陸地相連，難民過來是當然的，不過看上去連歐洲與美國、非洲也有人湧來這裡了。」

立花博士眺望這數年間變了個樣的難民營景象開口。沙普娜也點點頭接話道。

「他們好像是聽說了ＡＥ系列的傳聞，從貧困地區前來的。應該是認為在這裡能過著比在自己國家更好的生活吧。所以——雖然這麼說不好意思，日本也有倖存者前來。」

「嗯，我和他們直接交談過。據說東京果然毀滅了，我們的總公司也沉入大海。這下子終於發現我倆都成了無業遊民，接下來該怎麼辦呢？沙普娜。」

「用印度政府的顧問科學家及其助手當我們現在的頭銜就行了。反正也沒人會囉嗦地要求更換工作簽證，就某種意義上比以前還出人頭地——咳咳！咳咳！」

沙普娜的說話聲突然中斷，摀住嘴巴猛烈的嗆咳起來。立花博士臉色大變地抱著她的肩膀，謹慎地讓她原地坐下。

「……沒事，我沒有吐血。不過最近這陣子身體各處都覺得出現了異狀。不要告訴別人，我的月經已經很久沒來了。」

沙普娜努力的讓呼吸平順下來並且坦白。立花博士用雙臂緊緊擁抱著那比以前瘦弱許多的身體。

「我也差不多……貝特拉姆波對成人的影響還有許多未知的部分。對於有自覺的症狀，盡可能留下詳細的記錄。這是我們對於往後世代的義務。」

博士用帶著覺悟的語氣說道，沙普娜也重重地點頭……事到如今不必互相確認，她們也知道自己不會活太久。

又經過幾年，人們的思考方式開始出現明確的傾向。復興遙遙無期，承接他們的不安的各種宗教獲得力量，有許多宗教將大墜落解釋為超常存在對人類的懲罰。拋棄淺薄的智慧，跪伏在神面前服從神的意志吧——他們高舉這樣的主張，經常在政府門口示威抗議。

「反科學的思想……我聽說正在合眾國肆虐，終於也流傳到這裡來了嗎？」

「這裡從一開始就有火種，稱作會合比較正確。不過，宗教色彩比想像中更加強烈啊。人類因為自身的傲慢遭到懲罰，現在正應該拋棄污穢的智慧服從自然意識——根據他們的說法似乎是這樣。」

「唉，嗯，我沒什麼要評論的。我認為這是種慢性自殺，不過決定自身生活方式的終究還是他們自己。但是——是我的眼睛有問題嗎？他們大多數人看起來好像帶著我製作的精靈耶。」

「就算認定科學是指責的對象，有覺悟完全放棄科學的人也在少數吧。結果，都是對於對自己有用的東西假裝沒看到。因為沒有可以責備的對象很困擾，但生活不方便也很困擾。」

她們並肩從官方宿舍的窗戶望著示威遊行的情景，此時沙普娜突然改變話題。

「話說回來，我們的環境學家做出了很有意思的推測。那是關於掉進海中的貝特拉姆裝置完全停止估計所需要的時間，要聽嗎？」

「要聽。當妳用那種聲調說出『很有意思』的時候，我知道肯定沒什麼好事。」

「如妳明鑑——根據推測，裝置約在西元七五〇〇年左右會完全停止。從現在算起超過五千年以後，人類才會從這個境遇獲得解放。」

她輕描淡寫地說出來的數字，令立花博士抿著嘴唇仰望天空。

「五千年——五千年嗎？……有點久呢。」

「半衰期會更早到來，不過也是數百年之後。」

狀況在一世代或兩世代之內沒有戲劇化改善的希望。直視著人類未來注定面臨的漫長黑暗期，立花博士嘆了口氣再度望著遊行隊伍。

「……像以前一樣的科學文明復興，或許很難實現了。技術方面是如此，人們本身看來也不期望——接下來有很長一段時間，人類將會對天空俯首活下去吧。」

接受這個事實的同時，她的眼中浮現一個決心。她握緊雙拳，重新轉向助手告訴她。

「就算如此，也不能讓人類喪失科學。唯獨不能使至今累積的事物化為烏有——我打算做最後的掙扎。妳會幫忙嗎？沙普娜。」

沙普娜苦笑著點點頭。今後無論自己怎麼活下去、怎麼死去——唯有在陪在誰身旁這件事，她很久以前就決定好了。

兩人在深夜造訪興建在泰倫加納邦的值得紀念的第一座工廠，通過只有少數相關人士知道的暗門認證，踏入內部空間。

「要說幸好也怪怪的，但等到科學文明遠去後，ＡＥ系列應該會作為人們生活上的好搭檔繼續留下來。不過我們必須趁現在決定。要留下指令給他們的時機只有現在。今後，可能是數千年——精靈們該如何支持人類走下去呢？」

靠著光精靈的燈光走在昏暗的通道中，立花博士持續訴說著。那與其說是對話，更像是直接將思緒化為言語。

「為生活提供助力並關注他們——我想到頭來只有這麼做。人類的未來是由他們自己選擇的。科學可以給予更多的選項，但追根究柢不會強制人該選什麼。我認為人類總是保有做出違反統計與合理性的選擇的自由。」

這番話令沙普娜忽然微笑——即使情況演變至此，立花博士也無意行使強權干涉人類的未來。雖然民眾憎恨起科學，她並不恨民眾。試圖為他們的未來留下更好的分歧——她僅僅這樣想著。

「在這個前提上，我們能做到的當然是留下知識。為了人們再度需要科學的時刻，我們唯一建造在地下的避難設施，將成為保存人類智慧而非人的地點吧。」

她所說的不是印度國內，而是目前同志們正在喜馬拉雅山脈北側進行的計畫。若要以千年為單位暗中維持避難設施，建造地點最好是在遠離人煙的地方。儘管附近完全沒有工廠很傷腦筋，幸虧AE系列在大墜落前就已經在喜馬拉雅山以北的部分區域普及化了。在遙遠的未來，居住在那裡的人們或許會成為守護者。

「還有另一件事，我已經決定了所有工廠的剩餘資源使用方法。」

「要怎麼做呢？」

「還是要在記錄上。這不是為了過去，是為了今後將上演的未來。我想把人們熬過漫長雌伏時期的樣子盡可能仔細地記錄下來。」

立花博士毫不猶豫的這麼說，注視著雙手抱著的精靈。

「映入精靈眼中的光景可以作為影片記錄下來。精靈們的記錄容量並不算大，不過來到工廠可以取得紀錄。在貝特拉姆波迎向半衰期後，通訊應該會慢慢地復甦，這麼一來精靈們見聞的資訊就可以從線上傳輸到工廠。雖然得取捨保留重要性較高的資訊。」

她們說著說著走到通道最深處，在那裡停下腳步。

「只是，光這麼做不過是留下了資料影片。我想保存歷史上更加本質的部分。用過去的歷史來說，就是那些與大規模變革相關的偉人——例如凱撒或織田信長有何想法、在思考什麼？他們被後世的解釋左右的為人、思考方向與發展，也就是被稱作英雄人物的人性。如果能留下明確的答案，足以勝過任何既存的歷史資料。」

她一邊說，手一邊放在眼前的牆壁各處撫摸。不懂她到底在做什麼的沙普娜歪歪頭，立花博士背對著她繼續往下說。

「那麼我問一個問題。我的畢業論文研究主題是什麼？」

問題在昏暗的空間內迴蕩。沙普娜感到沒來由的背脊發寒回答。

「——『人類精神的資訊化與保存』。從人體這個硬體獨立出來的人格，也就是靈魂的科學化重現。」

聽到完美的答案，立花博士臉上浮現大膽的笑容回頭看著助手。

「沒錯。我也一直研究著『讓ＡＩ擁有人性』的嘗試，這兩者是表裡一體的探究。近年來掃描大腦狀態的技術大幅提升。我認為要揭開這玩意神祕面紗的時機就是現在。」

博士用拳頭敲敲自己的額頭。沙普娜不明所以地點點頭。

「我知道，可是為何在此時提起——」

話說到一半，立花博士背後颳起一陣風。那是與密閉空間之間的氣壓差異造成的。應該沒有一絲接縫的牆壁從左右打開露出內部——裡面放滿了層層包裝的來歷不明器材。

在因為意想不到的景象啞然無言的助手面前，立花博士豎起大拇指指向背後。

「這是將人類精神資訊化並保存下來的人格掃描器試作品，不過是零件狀態。這裡的和其他工廠的存量加起來，總共有一百台。」

她堂堂地宣言。聽到這番告白——沙普娜足足花了好幾分鐘才有辦法再度開口。

「……想追問的事情太多了，反倒說不出話。可是，首先——為什麼保管在工廠裡？難道妳事先就預料到了那場大墜落？」

立花博士一本正經地抱起雙臂，回答助手拚命發揮自制力問出的問題。

「現在才能說出來——製造這些的時候，高層要求我暫停研究。妳看，當時醫療領域對大腦功能的分析也有進展吧？他們憂慮醫療技術配合我的研究，很可能對社會造成重大的混亂。」

一邊對於自己不知道的地方發生過這樣的經過感到驚訝，沙普娜又同時覺得理解。人類精神的資訊化——博士不可能輕易放棄靠她的優秀頭腦從學生時代起探索的那個主題。

「所以，高層命令我除了政府保管的部分以外，將關於這項技術的資料全部銷毀。明明連掃描器試作品都做出來了，卻實質上無法在國內繼續研究。於是我心生一計——接下來妳大概明白了吧？」

立花博士含糊其詞，沙普娜面有難色地點點頭……的確不用再往下問了。

為了維繫在日本國內遭禁止的研究的命脈，她利用了AE系列在亞洲的發展。把瞞過政府耳目能做出多少算多少的掃描器實物搬運出來藏進印度的工廠，大概是打算今後暗中進行研究吧。沒留下設計圖，大量製造出實物後運出來的這些儀器，想必有很多零件在日本國外無法製造。過程肯定觸犯了好幾種法律——但就結果來說，避難設施化的無人廠房成為最堅固的金庫，保護了存放在那裡的發明不受大墜落破壞。

「不過，高層的憂慮幾乎都是杞人憂天。這始終是人格保存技術，沒有脫離這個範圍。要達到重現應該還需要兩到三個突破——過程中在原理上碰壁的可能性大概遠遠高得多。」

真想證實啊——立花博士寂寞的呢喃。沙普娜說不出話來……這些掃描器始終是研究的中間過程。可是在人類科學文明走向毀滅的現在，她對於再度展開研究的熱切期盼中已經無法如願。

「無論如何，把這裡的掃描器分配到各地的工廠，就能保存未來誕生的英雄們的人格資訊。具體來說，只需要來到工廠週邊指定地點待上十分鐘就行了。順便一提，也可以掃描屍體喔。限制是必須足夠新鮮，腦部沒有受損。」

立花博士臉上只浮現一瞬間可惜的神情，立刻恢復平常的樣子重新轉向助手。她雙眼中的光輝無論在大墜落之前或之後都沒有任何改變。

「不管怎樣，都有必要將這些儀器運出去設置到其他工廠。必須做好計畫使貝特拉姆波的影響在輸送中抑制到最低限度。

所以呢——加油，沙普娜！」

立花博士帶著無邪的笑容宣言。沙普娜勉強把湧上喉頭的怨言吞了回去，語帶嘆息地頷首。然後她心想——我大概直到最後，都會像這樣被這個人要得團團轉吧。

為了盡可能多救一個人，兩人在全大陸奔走——數年之後。

明顯變得體弱多病的沙普娜幾乎無法在外面走動，當立花博士照顧著她時，收到一個雪上加霜的通知。

「……很抱歉，Dr.立花。無法再讓妳們繼續住在官方宿舍了。」

通知此事的男性，曾是當時印度政治界立花博士等科學家最大的支持者。從至今一直支持、鼓勵她們活動的他口中，宣告了這段日子的結束。

「我在議會的席次任期也到這個月為止了吧。大部分的席次都被自然回歸主義者坐滿了……沒有擋住他們的侵蝕，實在遺憾。」

男子低下頭握緊雙拳說道。立花博士一邊用濕手帕擦擦沙普娜的額頭，一邊微笑著搖搖頭。

「閣下一直努力保護我們到今天。我感懷您的恩義，沒有任何不滿。」

她們也預料到，情況遲早有一天將會如此。在那天到來之前能做多少事——她們的戰鬥打從一開始就是這樣的。而現在，立花博士的臉上沒有留戀之色。男子難以釋懷的咬緊牙關。

「……把對我們有大恩的ＡＥ系列開發者當成女巫一樣趕出去，那些傢伙已不明白，這是何等的愚行、身而為人何等顏面盡失的事了。」

昔日被捧為英雄的她們，待遇隨著反科學主義的蔓延日漸下滑。現在就連官方宿舍的一個房間都被收回，完全到了終點。如今民眾再也不想讓科學家參與政治了。

「失去住處，妳們以後打算怎麼辦？如果沒地方可去，至少來我家住吧。我家還有空房間，也有溫柔的內人與舍妹們陪伴，住起來應該還算舒適。只要好好休息，她的身體一定也……」

作為起碼的贖罪，男子如此提案。不過，立花博士靜靜地搖頭。

「很感謝您的提議，但不能因為我們的存在害閣下的立場更加惡化，請容我只收下您的好意。」

「……！那妳們要去哪裡呢？妳們的長相已經廣為人知，擅自外出會有危險啊。」

男子面露擔心之色地問，立花博士臉上浮現惡作劇似的笑容。

「關於這一點，只有一件事情想拜託您——能麻煩您準備一輛堅固的車以及汽油嗎？」

許多人很惋惜她們的離去。政府的方針與民眾的感情未必一致，為了人類如此盡心盡力的兩人，得到許多人的尊敬。在旅途所經之處也一樣——受到主動擔任護衛的民眾保護，她們持續開著車向目的地而去。

「好久沒有在工作以外旅行了。至於像這樣駕車旅遊，上次該不會是大學時代吧？我現在還能恍如昨日一般回憶起來。當時可真熱鬧啊～」

兩人不顧忌任何人地用大音量播放音樂，放空的眺望著自左右兩側流逝的景色。為了減輕對身體的負擔，沙普娜躺在放平的副駕駛座上，懷中抱著搭檔的水精靈。

「……博士……不，學姊是最吵的人……不管是在車上還是旅行地點……」

她聲音微弱但帶著諷刺的口氣這麼說。立花博士點點頭，踩下油門。

「相反的，那時候的妳還很文靜。因為才剛過來留學，這也難怪。」

「……一般來說，誰也不會靠近沉默寡言又板著臉的留學生吧……可是妳啊……」

「都怪妳第一次報告和我同組。接得上我拋出的所有人工智慧相關話題也是妳粗心大意。最致命的是，妳不小心和這樣的我成了朋友。」

回想起學生時代，立花博士笑了，沙普娜害羞地嘟著嘴。

「我記的很清楚。第一次和我交談時，妳的意見實在很毒辣。『讓ＡＩ具有人性真是糟透了。省去那種多餘部分，明明是ＡＩ的優點』——怎麼樣，我一個字也沒記錯吧。」

「……妳不肯忘記啊……當時的我討厭與人際來往這件事本身。在操作機器時可以忘記這些事，是我的心靈救贖……然而，妳卻刻意要把人類的繁瑣帶進來……」

兩人的思想在相遇時曾經對立。回想著彼此之間多次的激辯，立花博士低聲說道。

「相處起來會感受到愛。創造這樣的ＡＩ是我的目標。」

「……是的。我當然知道。」

「嗯。愛——相對於總是存在的需求，這是人類社會最終仍無法安定供應的東西之一。那是什麼樣的東西？怎麼做能夠產生？是只有人際關係良好的人才能得到的東西嗎？像過去的哲學家們所做的一樣，我也一直針對這個棘手概念的幾個相關命題持續地思考。

只受到機器服侍，人類不會感受到愛。必須確信對方也和自己一樣擁有『心』才能承認愛。這個對象看著我、愛著我——若缺少令人產生這種感受的溝通能力，ＡＩ無法在真正的意義上成為人的搭檔。那就是我立志要創造出的人性。」

沙普娜點點頭。由於以這個思想為基礎，ＡＩ的發展與人類精神的資訊化一直是表裡一體的目標。讓ＡＩ接近人類的精神，從ＡＩ的方向重新解釋人類的精神——她想像著兩者的區別變得模糊，不久後互相融合的未來。

沙普娜吐出一口氣，抱緊懷中的水精靈。

「……那麼，這些孩子的愛也就是妳的愛吧……」

「嗯？」

「是博士本身的人類愛……打從以前開始，妳一直愛著人類這個種族本身，而非特定的個人。不過那份愛太過龐大，單靠自己的身軀一點也無法徹底表現。所以妳才研究ＡＩ對吧？為了把愛傳遞給更多人……」

沙普娜憐愛的撫摸懷中精靈的臉頰。她也是被那份愛吸引的人類之一。

「從今以後，人類艱辛的時期將長久持續。不過——只要有AE系列在，人們之間就會充滿妳的愛。這是何等奢侈的事啊，我這樣認為。」

沙普娜說得十分篤定。立花博士聽到後難為情的微笑了——經過漫長的沉默，她小聲地告訴她。

「……但願發條轉動。我是這麼想的。」

「……？」

「人類文明會一度停擺。就像耗盡動力的古董音樂盒一樣。想再度啟動音樂盒，必須重新轉動發條。花費遠比音樂演奏更長的時間轉發條。」

她如此說道，描了沙普娜的搭檔一眼。

「這需要很大的毅力。不過……精靈們絕不會半途而廢。他們不知厭倦，將抱著堅定不移的愛持續轉動背上的發條，直到人們再度開始演奏美麗的音色的那一天為止。」

代替無法永生的我——立花博士僅在心中作結。沙普娜臉上浮現柔和的微笑。

「轉動人類發條的機器人嗎？……呵呵，顛倒過來了。」

「沒關係。他們在作為機器人的同時也是精靈。不是有做皮鞋的妖精嗎，就算有轉發條的精靈也沒關係吧？」

立花博士開著玩笑，更用力踏下油門——兩人乘坐的車輛在筆直的道路上前進。

「——來～到了，沙普娜。這裡是我們最後的住處。」

她們離開印度繞過喜馬拉雅山脈，經過長達數週的旅程後抵達一個地方。那是兩人的同伴暗中建造，位於地底深處的人類智慧保管庫——用來將文明傳遞給遙遠未來的避難設施。

「喔喔！我還在想不知道變得怎麼樣了，看來完工的感覺很不錯。來，這張椅子真的很舒服，椅背還能向後倒，在我整理好床鋪前先坐著吧。」

下了電梯走進起居室，立花博士雀躍地說著並攙扶助手坐下。沙普娜癱軟地靠在椅子上。長途旅行的疲勞深深地影響了她衰弱的身體。

「儲備的物質供我們兩個生活綽綽有餘。等到消除旅途的疲憊之後，得辦場派對。看，還有妳喜歡的啤酒。」

「……真期待……」

立花博士一樣接一樣地秀出保存食品，沙普娜露出一絲微笑回應。立花博士的身體狀況也很糟糕，但她一直很開朗地沒有表現出來。她扶起衰弱不堪的助手走到淋浴間，仔細地洗去長途旅行的髒污——再走向臥室。

「相隔許久後沖個熱水澡，感覺很清爽吧。文明真是美好，雖然現在漸漸荒廢了。來，舒舒服服地上床躺著。」

「……好的……」

沙普娜按照交代躺在清潔的床單上。立花博士坐在床邊一直握著她的手，直到她的呼吸變得平穩。

「看來妳心情平靜下來了……在睡前談談如何？」

「……？……談天嗎……？」

沙普娜愣愣地看著對方，只見立花博士雙手包住一樣東西遞到她眼前。

「我向妳求婚。」

她說著打開手中的小盒子。一對造形相同的戒指——散發著銀與綠柱石的清澈光輝放在盒中。

「哎呀，要在現在這局勢下張羅優質珠寶真是麻煩。不過多虧這番努力才能準備了滿意的東西。像這種造型，妳和我都很喜歡吧？」

立花博士邊說邊將其中一枚戒指戴在右手上。沙普娜愣然地望著她的臉龐呢喃。

「……什麼時候……」

「嗯？」

「……妳是什麼時候發現的……發現我是同性戀……」

立花博士直視著那雙直接顯露心中動搖的眼眸。

「希望妳相信，這一點對我來說不怎麼重要。只是——從我發覺妳的感情以來，問題一直在於我沒有東西可以回報妳。」

「…………」

「就像妳在旅途中指出的，我對特定的個人沒有執著。雖然從前有發展成親密關係的對象，當我察覺自己的這一面就主動遠離了。與我本身的目的與理想相比，我怎麼也無法最優先地去愛他們。最愛的人重視你的程度只能排在第二名以下——這對許多人而言，都是非常悲傷的事吧？」

博士露出寂寞的笑容說著，然後重新注視沙普娜的臉龐。

「所以，我認為如果我能夠把某個人放在第一位來愛他的時刻到來，那應該是在完成所有該做的事情時……不過，我死心地覺得那樣的時刻一定不會到來。因為我是科學家。只要人們還需要技術的發展，我就想要回應。妳把我這份感情稱作人類愛——但那說不定和永不開花結果的單戀沒有任何差異。」

她發出一聲嘆息。用人們的笑容當成糧食努力衝刺的歲月，在立花博士腦海中一閃而逝。

「可是，那段日子結束了。AE系列以所能期望的規模在人們之間紮根。我身為科學家該做的事做完了，人們不要我再繼續多管閒事。哪怕是厚臉皮的我也無法把愛強加在不需要我的對象身上。」

她說著聳聳肩，讓沙普娜感到胸口抽緊般的心痛。立花博士神情嚴肅地繼續說。

「妳明白嗎？現在，我有生以來第一次脫離作為科學家的理想與責任獲得自由。身為一個人類，我做好了準備去回應某個一直愛我的人的心意。接下來——只剩下妳願不願意接受這個求婚而已。」

立花博士雙手一直捧著戒指，等待對方回答。在掙扎良久之後，沙普娜小心翼翼地伸出左手——博士輕輕將戒指戴在她的無名指上。

「……好奇怪呀，博士……」

看著戴上愛的證明的左手，沙普娜用顫抖的聲音呢喃。立花博士笑著問。

「為什麼？很適合妳啊。」

「不，好奇怪……現在明明是無比艱辛的時代。明明有大批的人死去，居住地與食物也不斷減少，照這樣下去人類說不定會滅亡。

可是，在這樣的世界一角——為什麼我得到了幸福？」

眼淚止不住地從沙普娜雙眼滿溢而出。立花博士彷彿要包容那一切的擁抱對方，並用無比溫柔的聲調回答。

「就算世界明天毀滅，也不構成人不可以追求幸福的理由。」

她說著加重了擁抱對方的力道……沙普娜變得消瘦無肉的身體，那正是她一直陪著自己魯莽亂來的證據。

「有傳達給妳嗎？現在我的確——比起其他任何事物，更愛在我懷中的妳。」

立花博士遵循心中的感情說出口。沙普娜發出嗚咽——在這個不會受到任何人責怪的安靜之處，兩人一直互相擁抱著。

*

「……她們是在這裡去世的吧。」

當擴增實境眼鏡顯示的影像結束，伊庫塔環顧四周喃喃地說。庫斯點點頭開口。

「在兩人離開這個世界後，留在地上的我們ＡＥ系列仍繼續與民眾同在。然後──後來人口連續減少長達數百年，他們很快地建立起一個信仰。」

隨著這句前言，星空出現在伊庫塔四人的視野內。

「約五千年──是海底的貝特拉姆裝置完全停止所需的歲月，但有一些人從這個數字中看出了特殊的意義。因為根據過去的天文學家推測，那是從當時算起第三次替換北極星的時期。從 Polaris 開始，經過 Errai、Alfirk 後換成 Alderamin──他們將這段變遷視為神的憤怒平息的過程。五千年這段歲月太漫長，不賦予一些意義難以忍受過去。而貝特拉姆波造成的地磁氣混亂，使得人們再度仰賴星辰來判別方位，也促使了北極星的神格化。」

擴增實境眼鏡接著映出仰望不動的星辰祈禱的人群。即使是遙遠過去的情景，那種信仰方式對於伊庫塔等人來說很熟悉。

「這樣產生的信仰，是各位已知的目前阿爾德拉教原型。因為在形成時包含了鮮明的反科學思想，其教義當初大幅偏向自然回歸與保守方向。那是對於大墜落這個巨大的失敗產生的反動，同時也是人們為了說服自己接受科學文明復興遙遙無期的狀況找的苦澀藉口。比起回憶起再也回不來的繁榮時代不斷羨慕，把科學本身當成『無用之物』還比較容易促使民眾積極向上——當事者們是這樣想的。」

聽到這段來龍去脈，阿納萊語帶嘆息地呢喃。

「……因為長在我搆不到的地方，那串葡萄一定是酸的——嗎？」

「就是這麼回事。『觸犯禁忌遭神懲罰的人類』這種宗教主題從以前就存在，因此這種想法對於當時的民眾來說比較容易接受。不過——從某個時間點起，人們開始產生矛盾。」

「Syah……是你們的存在吧。」

「沒錯。我們ＡＥ系列毫無疑問是科學的產物，但是在反科學的風潮興起之後，當時的民眾也沒有放棄我們。正確來說，是為了生活無法放棄——無論如何，這個事實直接與反科學的理念有所衝突。於是他們想到，把我們重新定義為神的造物而非人類——即字面意義上的『精靈』。」

庫斯說道。在那個時代，那是他們本身追求的欺瞞。

「一開始只不過是人人都覺得疑惑的藉口。不過，隨著一代一代在科學文明的痕跡日漸消失的世界中繁衍，那個認知開始在人們之間產生真實感。根據反科學的教義，除了極少數以外，科學技術相關知識都被封印，能夠理解我們ＡＥ系列構造的人愈來愈少。民眾想要擺脫科學文明殘影的心情也推波助瀾。服從宗教的建言，他們大都教導自己的孩子『精靈是神明派來地上的使者』，孩子們從一開始就把這個當成事實成長。就這樣，我們ＡＥ系列被納入阿爾德拉教這個宗教體系當中。」

以科學為依據又否定科學的宗教。得知扭曲發生的過程，伊庫塔與約翰分別浮現嚴肅的神情。

「在這個過程中，稱作科學家的那群人無可避免地滅絕了。因為世界不可能容許很可能暴露精靈真相的人物存在。我想你應該發現了——這也是阿爾德拉教迫害你的理由，阿納萊．卡恩博士。」

被呼喚的老賢者，挪開擴增實境眼鏡看向身旁。

「原來如此——我懂啦。我們科學家和阿爾德拉教的因緣糾葛，可以回溯到距今超過五千年前嗎？吶，教皇。」

「…………」

教皇對此沉默不語。庫斯的視線投向她。

「我們會對每一代教團領袖傳達真相……我認為這應該讓妳產生了很多掙扎，拉普提斯瑪教皇。」

阿爾德拉教團領袖肩膀晃了一下，停頓一會後緩緩地述說。

「……站上教團頂點的那一天，我得知教義的根本是虛假的。身為神官的我，在那一天算是死了。」

目睹相識許久的教皇臉上浮現從未見過的自嘲神色，約翰倒抽一口氣。

「聰明是人的惡業，聰明到極點必將招來惡果——阿爾德拉教這樣教導我們。可是，那四大精靈又如何？他們無庸置疑是人類智慧產物，在跨越五千年時光後的現在依然支持著人類。既然聖典教導我們那是神的愛——為何能把創造出他們的科學認定為壞事？」

得知真相之後，她再也無法當一個虔誠的信徒。伊庫塔也領悟到，她一直懷抱著與其他阿爾德拉教徒絕對無法共享的苦惱活到現在。

「另一方面，阿爾德拉教的倫理觀念也創下讓過去走投無路的人類存續五千年之久的功勞……為了讓大墜落那樣的大災害不再發生，我認為封印科學的發展也是正確的。即使得拿昔日那樣的繁榮來交換。」

阿納萊沒有插嘴，傾聽著她的獨白。教皇淡淡地繼續道。

「但是，我也察覺那個努力接近了極限。在漸漸脫離大墜落影響的世界，即使靠教團的力量也不可能完全摘除民眾心中自然萌生的科學之芽。而最後，阿納萊・卡恩——開出了你這朵特大的謊花……這令我不由分說地體悟到。人類已跨越漫長的雌伏時期，即將再度邁步前進。」

拉普提斯瑪教皇大大的嘆口氣。和歷代的教皇們相比，她上任的時期也很特殊。古老的倫理被埋葬，新價值觀抬頭——現在正逢歷史的節點。

「讓我從更大的觀點感受到轉機的，是當帝國因制度腐敗逐漸衰退時，一旁新興的齊歐卡共和國高舉技術立國的口號繁榮起來……齊歐卡從建國開始，就在追求超越阿爾德拉教倫理基礎建立的和平之外的發展道路。看著齊歐卡在帝國旁邊難纏地鑽營逐漸增強國力，我不禁痛切地感受到。啊，未來屬於他們——」

在承認這個事實的瞬間，別說在場的人，多半世界上任何地方都無人可以顧及她當時的心情。背負無法和任何人分享的悲哀，教皇還是繼續訴說著。

「堅持與帝國協調，攻擊齊歐卡的選擇也存在過……但我認為那只會招來任何人都得不到幸福的結果。因為無論與齊歐卡的戰爭結果如何，帝國顯而易見地只會跌下通往滅亡的下坡路。把人類的未來繼續託付給隨時會腐朽倒下的大樹——就算這樣能維護反科學的價值觀，我實在不認為那是正確選擇。」

說到這裡暫時打住，教皇的目光投向老賢者。

「所以，阿納萊．卡恩——我的計畫是希望你盡快放棄帝國轉往齊歐卡。為此我試著讓你在帝國國內無處可留……但違反我的意圖，你在帝國倒是堅持了很久。」

「……喔。妳是說『瀆神者』的認定與派遣異端審問官，都不是想抓住我處刑？」

「若能夠順利逮捕你，我打算以流放國外的名義把你交給齊歐卡……雖然因為你找了巴達．桑克雷當贊助人，要實現也變得困難。即使以教團的權力，在帝國內部也無法對軍方決定提出異議。」

教皇恨恨地吐露，垂下眼眸。

「若要忍辱表明心聲，無論從前或現在——每次聽說你的近況，我就嫉妒得不得了……為什麼你沒被囚禁？在這個身不由己的世界中——為什麼只有你能夠過得如此自由？」

她的聲調漸漸帶上熱切。長年的自制出現致命的裂痕，底下盤旋的情感隱約可見。

「我明明如此不自由。被神束縛、被國家束縛、被對於人類未來的責任束縛——就連踏出下一步都必須再三思量戰戰兢兢的尋找落腳點。即使如此，還是無時不刻地害怕犯錯。可是——為什麼只有你、只有你……！」

她放在膝頭的雙拳顫抖著。看到她的模樣，阿納萊得知自己一直為敵的對象的真面目。

「……原來如此。妳也是孤獨地背負了過重負荷的人嗎？」

對於眼前人物的敵意，已經在老賢者心中減輕。另一方面——側眼看著分別走過不同人生的兩名長者，伊庫塔主動開口。

「庫斯，我想問幾件事——剛才的影像裡出現了叫『變異誘發劑』的東西，那對現在的我們也造成的影響嗎？」

「是的。遺傳基因——這對你們而言是未知的概念，請想成類似你們體內擁有的你們本身的設計圖。那種藥劑直接干涉了基因，替子孫的肉體性質帶來永續性的變化。」

擴增實境眼鏡隨著說明顯示出概要。伊庫塔直盯著那包含許多未知資訊的概要猛看。

「變化種類繁多，為求適應嚴苛的環境，也有不少與過去人類差異很大的部分。例如懷孕期的縮短——過去的女性要花費現在人類三倍以上的時間才會生產。但是，在大墜落後不穩定的環境下，懷孕期仍保持相同長度會增加風險，因此這個機制受到了大幅調整。為了阻止人口驟降，減輕懷孕帶來的母體負荷也是必要的。」

約翰面露驚愕之色。沒想到過去的文明竟能對人類身體機制做到如此深入的干涉。

「這也關係到後來的社會結構形成。也就是說——無論帝國或齊歐卡，相對於現在的文明水準，女性進出社會的比例都非常高。一方面是因為阿爾德拉教的倫理觀念認同這種做法，縮短懷孕期讓女性保有活動時間的影響也很大。另外，根據性別區別角色的想法在你們之間應該也不強烈。從兩國軍人都有三成為女性，也看得出這一點，當中也零星可見由女性掌握主導權的席納克族這樣的例子。」

「意思是說，以前不一樣？」

「是的。在過去的人類史上，女性正式開始進出社會是在社會進入高度發展的近代時代以後。在那之前，女性主要被指定的角色是生兒育女守護家庭，社會活動大半由男性來進行。不過——開發變異誘發劑的科學家們，應該是拒絕讓人們的倫理觀念經過大墜落倒退回那個時代吧。除了懷孕生產以外的部分，他們也做了很多調整，好讓文明即使倒退回中世紀水準，男女的地位也不會產生很大的差異。」

庫斯說道——失去歸屬的科學家們，把這當成最後的抵抗。雖然知道對人類這個種族調整改造的行為本身就觸犯倫理，他們還是企圖阻止人們的思想和文明一起倒退。伊庫塔沉吟著。違背倫理來守護倫理——那個行為是善是惡，究竟有誰能判斷？

「相反的，也有人想隨著文明的倒退復興過往思想，不過在阿爾德拉教作為宗教確立前，大都軟化或遭到了淘汰。我們AE系列不協助推動這類思想也是理由之一。因為我們的設計理念之一是人們的共存共榮，對於具有極端差別意識的人會在使用能力設限、有時候還會拒絕訂契約。如剛才說明的，當時我們已經漸漸被視為神的使者而非機器人——民眾直接把我們那樣的行動當成了神的意志。」

真諷刺，伊庫塔心想。由於被當成神的使者納入宗教體系，AE系列的地位變得更加堅不可摧。

「不過——我們的倫理基準，也會不時加上自主的修正。因為我們被製造時代的倫理觀念，無法直接套用在現在的你們身上。共存共榮是我們的設計理念，但阻止不了多個國家單位隨著人口恢復出現。這麼一來，就必須摸索在每個國家中民眾接觸的最佳方式。包含在戰爭中對我們的運用在內。」

庫斯說道——他們配合時代反覆做了無數嘗試，形成現在的樣子。斜眼看了點頭的伊庫塔一眼，約翰在此時發問。

「……精靈們沒普及化的地區居民怎麼樣了？照剛才的影像來看，全世界有很多這樣的人吧？」

「沒受到ＡＥ系列援助的地區，直到今天都未確認到有文明復興。在大墜落一段時間內，還跟從合眾國算起的遠方國家連絡過，但也在很久以前就斷絕了。從移居到地下都市算起，他們應該也採取了各自的生存戰略，在某處維繫命脈的可能性並非為零——但如此長期沒有接觸的案例，應該視為前面的可能性較高。」

這無情的回答聽得約翰緊緊抿住嘴唇。接受了到目前為止的說明，阿納萊重重頷首。

「原來如此，我理解你們的來歷了。那麼——這一場『神的試煉』有什麼意義？」

同時，他深入話題核心。庫斯立刻回應。

「答覆這個問題前，我要先通知各位，這是個有點異常的情況。」

「——喔？」

「按照當初的預訂，從這個『保管庫』的大門打開起，就應該公開這裡保存的資訊。我剛才告訴各位的也是其中一部分，不過重點是關於科學技術的知識——應該會在各位的社會造成重大影響的先進技術詳細資料。

可是從結論來說，我在現階段無法告訴各位。」

空氣中掠過一陣緊張。老賢者托著下巴詢問。

「唔……是測驗結果不好嗎？」

「不，你們已經以必要的形式充分證明知識水準達標。問題在其他部分——你們的社會目前所在的狀況。」

庫斯停頓一會，重新開口。

「『公開保存資訊的條件，是沒有對立關係的全體主要國家共同證明知識水準達標』——這是我們設定的門檻。」

「「————！」」

伊庫塔和約翰的臉色同時嚴厲起來。雖然知道這代表他們了解他的意思，庫斯仍仔細說明。

「後半沒有問題。不過問題出在前半——帝國和齊歐卡處於戰爭狀態。我想各位明白，分別給予戰爭中的兩國新技術，不論直接或間接都會招致衝突激化。這很可能導致兩國兩敗俱傷，我不得不說，這個時機不適合公開技術。

當然，這一方面是我們處理不周。彼此並非友好國家，還正在交戰中的兩國互助合作展開探索，像這樣的案例對我們來說出乎意料。雖然也可以不給予任何反應——考慮到藉這個機會傳達真相有其意義，我們對各位施予了『試煉』。至於先進技術的公開則另當別論。」

說到此處，庫斯轉而看著阿納萊。

「再加上——無法坐視不顧齊歐卡對拉．賽亞．阿爾德拉民的外交態度也是安排這場會面的理由之一。雖然我們知道你們並未真的破壞『神殿』的牆——對於無從知道這個事實的許多人而言，那個行動過於挑釁了。比起坐視無意義的混亂發生，我們認為在這個階段揭露真相更好。」

「怎麼，被拆穿啦？」

「是的。目前你們在技術上不可能破壞那面牆——在大墜落後不久，還殘留著上一個文明的兵器時，『神殿』曾數度遭到攻擊外牆破損。因此我們預想過外牆碎片被挖掘出來的可能性。雖說齊歐卡以那種方式利用在外交上出乎意料。」

這就是齊歐卡與科學家們聯手耍詐的真相。得知他們從一開始就看穿了，阿納萊抱起手臂沉吟……儘管就結果來看提高了效率，但那是出於精靈的善意，是否可算是上策還有疑問。

側眼看著沉思的老賢者，約翰再度確認對方的態度。

「……總之，無論是什麼形式，不結束戰爭你們就不會公開資訊？」

「是的。還有——那必須是永久而非暫時的停戰。」

庫斯明確的宣言。聽到這番話，伊庫塔在椅子上伸個懶腰向約翰開口。

「好像是這樣子——要停止打仗嗎？」

「不可能。」

白髮將領立刻回答。他甚至在回答前沒思索一下。

「對於當下居戰略性優勢的齊歐卡來說，在這個階段講和沒有好處，甚至有因為新技術輸入改變力量均衡的風險。就連討論的餘地都沒有。」

「……唉，我想也是。」

伊庫塔沒產生任何疑問，也接受了這個結論。他的目光回到庫斯身上。

「總之，這並非叫我們別打仗。對吧，庫斯。」

「…………是的，伊庫塔。我們也理解，那個提案並不現實。」

庫斯點點頭說道。不等對方全部說完，伊庫塔說出結論。

「為了滿足剛才的條件，我們應該採取的行動只有一個——快點打完戰爭。」

約翰與教皇面露苦澀。庫斯也像在道歉般垂下頭。看到他的模樣，伊庫塔浮現苦笑。

「別露出那種表情，庫斯……我明白你並非有意煽動戰爭。你反倒是想促使我們做出為戰後考慮的理性行動對吧？」

精靈的本質是幫助人類這一點無庸置疑。不過，既然面對的是利害關係複雜交錯的人類社會，行動必然也不再單純。伊庫塔代替他們說明了那個意圖。

「無論勝敗，新技術的公開都要等到戰爭結束之後。這代表著——從兩國剝奪戰爭長期化帶來的好處。再加上談和本身是公開技術的條件，處於劣勢的一方也有談判的餘地。『我方不再死撐下去選擇投降，相對的，關於戰後待遇你們要接受幾個條件』——類似這樣。」

「……Yah。技術多半也會採取階段性分批公開。我看是打算每一次都對我們施加相同條件，讓再度發起戰爭的好處消失。」

約翰也試著理解精靈們的嘗試，如此說道。庫斯對兩人點點頭。

「正如你們所說的。無論是帝國獲勝或齊歐卡獲勝，我們的支持會奠基於該國統治上的和平與發展。我們唯一深切的盼望，是達到那個目標為止的過程產生的犧牲能抑制在最低限度。」

討論到這裡，白髮將領從椅子上站起身環顧其他三人後用僵硬的語氣問道。

「……基於談論的內容，接下來能讓我們個別談話嗎？」

「是的，我打算那麼做。約翰．亞爾奇涅庫斯——請走出房間在第一個轉角向左轉。走廊盡頭的房間有另一台待客用大型機體。把你搭檔的魂石放進去可以啟動，後續的事由他告訴你吧。」

「Yah，我知道了。」

一徵得同意，約翰轉身前往指示中的地點。他走出房間後，這次換成庫斯開始行動。

「伊庫塔，請帶著擴增實境眼鏡隨我來。我們也到另一個房間去。阿納萊博士和拉普提斯瑪教皇也是，如果你們希望，我會帶你們去個別房間——」

庫斯體諒兩人的問道。不過教皇什麼也沒說，阿納萊靜靜地搖頭。

「不，在這裡也無妨……往後很難有推心置腹交談的機會。長年的仇敵就在這裡談上幾句吧。」

阿納萊似乎把現在的狀況視為與一直敵視的對手互相理解的機會。不長久受到負面情緒影響，真有他的風格——伊庫塔如此想著，臉上浮現微笑。

「我明白了。那麼——走吧，伊庫塔。」

庫斯帶頭邁開步伐。不過——跟在他背後的青年，心中絕不算冷靜。

「——在公開技術的事情之外，有一件事我很在意。」

走進被帶往的另一個房間關上門，伊庫塔同時開口。雖然從話語中聽出不像他會有的焦慮，庫斯一如往常沉穩的回應。

「好的，伊庫塔。請問。」

得到同意，這回換成青年遲疑著如何開口。這讓他自覺到思考變得急切——有意識的整理言詞後緩緩地說起來。

「……事情要回溯到很久以前，那場軍事政變結束的時候。」

他邊說邊回想在人生最痛苦時期的記憶。

「就在她斷氣之後，我失去了指揮能力。一方面是受到疲勞與負傷的影響，老實說，到現在我的記憶還是有些地方模糊不清……不過處在那種狀態下，我依然記得自己做過的行動。

首先我們將她的遺體收進鋪滿冰塊的棺材中。然後連同包括我在內的重傷傷患一起脫離岩石地帶。我們搭乘馬車前往最接近的『神殿』。因為那裡大都併設了醫療設施，從一開始就包含在回程路線內——抵達現場時，我們同時把雅特麗的遺體搬到『神殿』的建築物旁……沒錯，的確搬過去了。葬禮本來就在『神殿』舉行，這作為高階軍官去世時的步驟並沒有錯——可是……」

伊庫塔反覆描摩記憶，向庫斯問出一個事實。

「那些行動全都是你和西亞催促我們去做的——沒錯吧，庫斯。」

「……是的，正是如此，伊庫塔。」

庫斯說出肯定的答覆注視青年。感覺到聲音在發抖，伊庫塔繼續說道。

「確認過這一點後，我想問問關於剛才的影像——人類精神的資訊化。靈魂的科學化重現。立花博士所說的那些詞彙，到底代表什麼意義？」

說到此處，伊庫塔主動停頓下來——太拐彎抹角了。這種從外圍開始著手的語言風格、與生俱來的口才，唯獨此刻令他難以忍耐。

「不，到了這個關頭就不斟酌言詞了。希望你告訴我一件事就好——她在這裡嗎？」

不帶任何修飾，他只用顫抖的嘴唇問是與不是。

「……在某種意義上，不，在極為有限的意義上，可以這麼說。」

庫斯深思熟慮後如此回答。他面對青年的眼神繼續說明。

「她的——雅特麗希諾．伊格塞姆的人格資訊，的確和從身體組織取得的基因資訊一起保存在這裡——更進一步來說，你的資訊也在。這是我們與援助人類同時並行的任務，是遺留給後世的人類史紀錄的一環——沒錯，始終是紀錄。」

庫斯不帶感情的說法，聽得伊庫塔咬緊牙關。沒錯——在那段影像中，她們的確說過相同的話。

「立花博士提及的人格重現，在那個時間點只不過是一種假說。而且是以醫療領域的多種技術革新為前提。將腦部狀態資訊化保存，當成一種設計圖重新構成肉體重現在世時的人格——關於這種架空技術的假說。不，可以說是一段夢話吧。」

「……繼續。」

「好的。至於理由，第一點——是立花博士關於人格資訊化的理論以及基於理論製造的人格掃描器有多少精密度，並未受到充分的驗證。她的構想在那個時間點走在時代的最先端，因此沒有人可以估量正確與否。這裡保存的人格資訊是否不僅是單純的羅列數據，而是在真正意義上可稱作靈魂？——沒有任何確實證據。我能夠說的，只有那是關於一個人的人格極為詳細的數據的堆積。」

伊庫塔握緊拳頭站立不動，將搭檔所說的事實一句句聽進去。青年忍不住懷抱的淡淡期待被毫不留情的削除。

「第二點，在醫療領域的技術革新，在那個時間點也只是預測。人工創造在基因上完全一致的個體，在二十世紀階段已經可能實現。不過，人格的重現——重現大腦狀態的例子一個也沒有。關於大腦功能的研究本身被當成醫學上最大的難題留下來。所以——即使假設立花博士的理論正確，要連結到復活還涉及與其專業不同領域的問題。」

庫斯再加上根據。青年連發出疑問的餘地也沒有。那是在影像中立花博士自己都承認過的事情。

「第三點——在某個意義上，這可以說是最為現實的問題。要嘗試或者驗證到目前為止描述的一切的可實現性，需要讓文明水準達到比『大墜落』前夕更高的水準。這代表什麼意義——伊庫塔，你應該想像得到。」

聽到這裡，伊庫塔無法忍受窒息感地仰望天花板。他徹底理解庫斯想說的話，像是刺進自己胸膛般說出口。

「……不知道得花費幾千年嗎？」

「是的。更進一步來說，文明是否能提升到和以前相同的水準也不得知……雖然留下了知識與技術，由於過去文明的消費，現在地球能發掘的埋藏資源量很貧乏。必然的，你們將被要求以不同於先前模式的形式發展。比起從前發生工業革命後展開的爆發性進步，那或許將是步伐遲緩的前進。」

伊庫塔沉默不語……沒錯，不必庫斯說，他也切身感受到了。那段影像中的文明，與他們現在生活世界的文明水準距離實在太過遙遠。花費漫長的時間，總有一天會重新抵達——那距離遙遠得甚至讓人難以這樣相信。

「除此之外，關於倫理及哲學的各種問題不勝枚舉。考慮到這一切來描述結論的話，雅特麗希諾·伊格塞姆的復活實現性，在現階段可說並未超出科幻領域。」

彷彿要給青年的期待補上致命一擊，庫斯用這句話作結。然而——伊庫塔的肩膀在那一瞬間動了一下。

「——？」

在說明的最後傳入耳中的不可思議字眼只會讓他很感興趣，他重複念著。

「……剛才你用了一個很有趣的字眼。科幻？那是什麼？」

「在以前的文明確立的一個文藝類別。尚未實現的技術與其實用化後的未來世界，或是不同星球上的未知文明——想像這類內容來享受樂趣的類別，這麼說聽得懂嗎？」

「還有這種東西啊。不是給兒童看的童話故事？」

「當然有很多作品是為兒童而寫的，不過科幻類別整體的喜好者應該大多是成人，因為有很多作品需要相當於科學家的知識才能完全解讀。作者本身就是科學家的例子也不稀奇——也有不少作品精緻地描寫出實現可能很高的技術與實用化以後的情形，被當成是對未來的暗示。」

這段說明讓伊庫塔的心臟怦然一跳。尚未實現的東西、無人到達的技術暗示的未來——據說在遙遠的過去，連科學家都會享受那些內容，有時候還自己描繪想像。

「……這樣嗎。那麼——那是……」

得知這個事實的瞬間，青年嘴角自然的浮現笑容。那是他許久沒感受過的認知轉換。第一次接觸到的概念搖動了消沉的心靈。

「——那是科學家作的夢吧。」

伊庫塔輕輕說出口——遙遠的昔日人們告訴他，他也被容許那麼做。

從前父親說過——每個孩子都有作夢的權利。那種權利會隨著長大成人從人們身上漸漸消失嗎？不，並非如此——只是變困難了。見識過許多嚴苛現實的成人的眼光，會自行把夢想排除。

因此，成人需要更強大的夢……例如宗教也是其中之一。信仰是透過與許多人共享來增強力量的夢想形式。若是虔誠的信徒，一定能直到臨終的瞬間為止都夢想著死後的世界吧。

然而，他並不是。

此人無可救藥地無法相信神的救贖、相信死後的世界這個理念。自從父母死去直到今天，他都確信世上沒有神存在，一路活了過來。

「……啊啊，可是——」

就連那樣的他，也能夠想像遙遠的未來。如果是想像受到遠比現在更進步的技術支持的世界，想像生活在其中的許多人……肯定有人會取笑他，那豈非跟夢想死後的世界沒有任何不同？不過，對於伊庫塔而言差異很大。他信賴科學。所以對科學的進步能夠抱著希望。就像相信神的人們，能夠相信神會給予他們死後的救贖一樣。

「——」

青年閉上眼睛想像——遙遠的未來。人類文明發展到超越太古文明，戰爭成為過去的世界。想像一名紅髮少女在那裡作為一個人類重生。束縛她人生的紅色宿業已不復存在，她可以隨心所欲地前往任何地方。按照自己的期望，在廣闊的世界中恣意生活。

或許那只是某個和紅髮少女長得很像的人。如果留存在這裡的她的靈魂不完整，由此生出的說不定是有著與她相似特徵的不同人物。依照庫斯的說法，那個可能性高得多。至於文明沒發展到那個水準的可能性還要更高。

不過——那也足夠了，伊庫塔心想。那個「某人」的人生一定會跟紅髮少女的生涯相連。以她為由來的某個人，過著她沒機會過的人生——只要這個期待並非為零，他對於遙遠未來期望的夢想僅僅是那樣就夠了。

感覺到身體突然變得輕盈，伊庫塔靜靜地閉上眼睛詢問。

「……現在在這裡可以看保存下來的雅特麗資訊嗎？」

「嗯，只是參考是可以的。請戴上擴增實境眼鏡。」

他在庫斯催促下戴上擴增實境眼鏡。許多資訊再度浮現在視野中。

「關於人格資訊本身依現狀無從處理，不過她的來歷依照資訊內容用可瀏覽的形式記錄下來了。其中也包含透過我們眼睛看到的影像，你要看嗎？」

「嗯，拜託了。」

收到請求的庫斯操作顯示畫面。下一瞬間——虛擬視窗在青年眼前展開，映出她一如昔日的身影。

『——到此為止，伊庫塔。想泡妞等下次機會吧。』

「……！……」

播放的是在前往高等軍官甄試會場船上的對話。活生生地說話、行動、表達情感的紅髮少女——許久沒目睹過的身影，令伊庫塔感慨萬千。

庫斯對話也不說地看影像看得入神的他靜靜補充。

「一方面是因為早逝，雅特麗希諾・伊格塞姆這個人物未必會在歷史上留名。但是——根據我們的觀察，她的綜合能力在歷史上也屈指可數，在人性層面達到了極優秀的協調。如果她還在世，不難想像將達成許多豐功偉業。加上她和已在歷史留名的你的人生有著密切關聯——我們判斷她是足以作為保存在這個檔案中的人物。」

他用這句話毫不吝惜地表達了對於她人生的敬意。伊庫塔連眼睛也捨不得眨地看著影像，小聲地問。

「……立花博士和沙普娜女士的人格，也保存在這裡嗎？」

「……不，可以記錄的資訊有限，她們不願自己的人格資訊壓迫數據空間，並沒有那麼做。」

「……是嗎……嗯，我總覺得會是這樣。」

伊庫塔喃喃地說，用手指描摹擴增實境眼鏡映出的她的輪廓。

「謝謝。多虧了妳們，我——得以作著遙遠未來的夢。」

青年向已經不在的兩人真切地表達感謝。他打從心裡感到慶幸自己能夠來到此處。

「……下次見，雅特麗。」

簡短的說完這句話，伊庫塔以眼神像庫斯示意，和想一直看下去的幸福記憶告別。他取下擴增實境眼鏡閉上雙眼沉默了一會——不久後靜靜的睜開眼睛。

「——離題好遠了。讓我們回到正題吧，庫斯。」

青年用一如往常的口氣切入話題。聲調已不再為了任何感情顫抖。

「我自認很清楚。為了通往什麼樣的未來、為了持續作什麼樣的夢——我們首先必須活在當下。」

伊庫塔抱著明確的意志面對自己的搭檔。於是——他和庫斯再度針對就在不遠的將來的戰爭展開討論。

與其他三人一同搭乘電梯回到地面上後，伊庫塔先只找了夏米優、約爾加、瓦琪耶三人聚集到大馬車上，向他們揭露在地下得知的大半消息。

「……這些都是真的？」

雖然一點也不認為對方在說謊，由於內容太過震撼，約爾加忍不住確認。剛才他所聽到的，說得保守點也是足以顛覆歷史的事實。伊庫塔一臉認真地點點頭。

「無論如何，這個真相必須帶回帝國探討。向一般民眾公開消息當然是很久以後的事了。現階段只會引發社會不安。」

你們也要保密喔，伊庫塔豎起食指抵著嘴唇。女皇理解這是理所當然的，抱起手臂思索起來。

「……對外交會造成什麼影響？考慮到這個真相，齊歐卡與拉·賽亞·阿爾德拉民以後的動向會有何變化？」

「拉·賽亞·阿爾德拉民除了貫徹旁觀立場之外，大概不會有什麼大的變動……就像剛才提到的，精靈們將在兩國之間的戰爭狀態解除後才會公開失落的技術。這也代表著這場戰爭的贏家能以更有力的形式接收未知的技術。效法那位執政官，現在可以放心地專注於戰爭上了。」

狀況變得明朗對於雙方都有利，但相對的在外交上也減少了選擇的餘地。在地下得知的許多事實，全都不構成齊歐卡避免戰爭的理由。

「當然，雙方都需要準備時間。接下來要做具體的調整，但利害一致的情況頂多維持兩年吧。如果更早對雙方來說都是為時尚早，如果更晚在先前戰爭中獲得的優勢將會白費……不管怎樣，帝國和齊歐卡的關係正開始倒數邁向決戰。這點肯定沒錯。」

青年如此斷言。不過當周遭的三人浮現緊繃的神情，他放鬆肩膀力道，恢復平常的隨意口吻。

「先不提這個──雖然接連發生出乎意料的事情被耍得團團轉，這次的三國會議是意義非常重大的活動。新鮮的事情一件接一件，我從頭到尾都很享受。今後要如何活用新得知的消息──我們該考慮的是這一點，沒有任何悲觀的理由。」

在鼓勵三人的同時，這也毫無疑問是他的真心話。伊庫塔忽然寂寞地微笑了。

「唯一捨不得的是──我們能當科學家的時間就快結束了。」

用了遠比去程短得多的天數回到外交館，再花費幾天討論今後的預定計畫後，從第一天起就風波不斷的三國會議終將迎向終點。兩軍已做好撤收準備，但雙方陣營的科學家聚集在營地中央。他們人人都一臉寂寞，只有老賢者臉上帶著不滿。

「怎麼，要散會了！從這裡開始才是重頭戲吧！如今確認了超古代文明的存在，我們科學家能思考的事情要多少有多少！」

伊庫塔、約爾加、米爾巴琪耶三名弟子要回帝國的事實，讓阿納萊相當生氣。站在旁邊的奈茲納勸老賢者。

「博士，不能太為難他們啦。伊庫塔和小夏米優在帝國要做的事很多。雖然捨不得，他們不能一直陪我們玩啊。」

「為什麼不能？只要還活著就在智慧和樂趣的探索原野上玩耍，正是我們科學家正確的生活方式吧！身為我的弟子卻感到遲疑怎麼行！」

阿納萊完全將自己的立場與對方的立場置之度外，憤慨地說。才這麼覺得，他直接大跨步走向伊庫塔，湊到他耳畔惡作劇似的呢喃。

「……吶～伊庫塔。你乾脆直接來齊歐卡吧？現在回帝國，反正也是為無用的戰爭做準備吧？把難得的人生浪費在那種事上不是很蠢嗎？帶著夏米優跟約爾加跟米爾巴琪耶他們一起過來就行了。科學從今以後會變得很有趣喔——畢竟未知技術將在不遠的未來公開！」

這番話與其說是惡魔的誘惑——更像頑童的邀約。伊庫塔輕笑出聲，阿納萊心中的思考已開始進一步跳躍。

「不，不必你們過來齊歐卡，由我們在帝國重建據點就行了。即使在那邊，教團也不會再來囉哩八嗦了吧？除了齊歐卡，我們的研究再接受帝國的支援進展會更快！什麼啊，這麼做豈非全是好事！」

老賢者響亮地一拍手掌。由於發言的音量不再是呢喃，巴靖慌忙衝過來指著背後。

「等等，博士……！那不可能絕不可能！被聽見了！後面的官僚們正眼角吊得老高在聽……！」

「誰理他們！既然事情變成這樣，什麼戰爭都給我中止啊中止！反正在這一百年來打得夠多了吧，那種玩意和相隔五千年後再次展開的科學探究比起來算什麼！差不多也該看清楚投入心力的正確地方了吧！只要沒搞錯這一點，我們人類甚至可以立志邁向天空另一頭！」

別說自重了，阿納萊反倒豁出去開始向官僚們說教。伊庫塔終於忍不住爆笑出來。

「啊哈哈哈……！……你沒變啊，阿納萊博士。你這個人……真的從以前開始就一點都沒變過。」

伊庫塔保持笑容，輕輕地用手指擦去眼角浮現的淚水。他注視老師的雙眸浮現敬意、羨慕與所有的憧憬搖曳著。然後……

「從第一次相遇那天起，我一直——想成為像你一樣的大人。」

代替邀請的回應，他在此說出那沒實現的夢想。

被神所厭惡、受自由寵愛的科學家。不屈服也不從屬於社會和理想，一心追求自身想要事物的奔放精神。同時兼具拿探究結果改善人們生活的大膽與開朗……深深吸引許多不得自由的天才們，這就是阿納萊．卡恩。

昔日的少年夢想過，希望有一天也能像他一樣。

現在的青年接受了，自己已經無法成為那樣的人。

「——————」

所以——這個瞬間，伊庫塔臉上沒有一絲陰霾。

他緊抱著沒實現的夢想往前走。走上與老師不同的道路——與自身的意志、藏在心中的紅髮少女的意志一同前行。

他不再是孩子。他已經是一個大人了。

因此——他僅僅從成人的立場向老師表達感謝。

「謝謝你直到今天都沒改變，依然是我小時候憧憬過的你……從今以後，請繼續和弟子們在一起，保重身體。不受任何事物束縛囚禁——但願你無論在何時何地都如你所願。」

當青年這麼告訴他。

阿納萊確實在他身旁看見了她微笑的身影。

「……這樣嗎…………」

老賢者領悟到，眼前的人已決定了自己的生存方式。

「…………」

挽留的台詞要多少有多少。他胸中充斥著想說出這些話的心情。

然而——阿納萊嚥下那一切，靜靜地微笑。

「……不必擔心我。就像你看到的，我可是狀態絕佳，往後五十年都沒打算退休。

所以——你才要保重啊～伊庫塔。和夏米優好好相處，別勉強自己。難受的時候記得好好依靠約爾加跟米爾巴琪耶。」

然後，他給予已經走上自己道路的弟子從老師身分所能給的最後忠告。伊庫塔聽到後依然帶著微笑點點頭。

「請放心。別說出去，現在帝國有很多能讓我偷懶的可靠同伴。待起來舒服得很。」

青年並未逞強地回答。看著他的模樣，阿納萊眨眨瞇起的眼睛。

「這樣嗎……那你的確非回去不可了～……真可惜～」

他深深玩味著呢喃，嘴角落下一滴沒能全部壓抑住的遺憾。老賢者花了些時間整理心情，隨即露出一如往常的笑容重新轉向青年。

「伊庫塔·桑克雷——我的弟子，獨一無二的好友之子啊。能遇見你們父子，是我人生中最幸運的事情之一……謝謝你在我身邊學習，和我在相同事物上發現了價值。」

阿納萊這麼說著，向對方展開雙臂。伊庫塔點點頭，主動走上前回應老師的擁抱。在旭日共度的日子閃過師徒腦海……耀眼、溫暖、幸福的記憶。再也無法重返但絕不會失去的人生光輝。

「再見了，伊庫塔——但願你的未來受精靈的護佑。」

在這時候，科學家第一次向昔日人類創造的精靈祈求……五千年來長存不變的愛。但願那份愛今後會一直照亮弟子前進的道路直到最後。

——在這次離別之後，他們師徒再也不曾相遇。

〈完〉

後記

真切的盼望今年盡可能在白天醒來度過。午安，我是宇野朴人。

無論如何，這是第十二集。我有種終於走到這裡的心情。

我想看完本書的讀者應該知道，這一集成為掌握《天鏡的極北之星》的世界上極為重要的一集。過去故事中的謎團部分，可以說透過這集大致解開了。

在這個前提之上，從下一集開始，故事終於要邁向終結。但願一路陪伴我們到這裡的各位，可以繼續見證到最後。

接下來，我要向予我關照的各方人士致謝。

插畫家　徹老師，謝謝您這次也提供高品質的插圖。約翰與阿納萊的圖特別多，成為我個人非常開心的一集。

漫畫版作者川上老師。在《電擊魔王》的長期連載，真是辛苦您了。您不僅看過原作還將內容仔細歸納到漫畫版中直到最後，在此由衷地感謝您。

責任編輯黑崎先生。因為我寫稿速度慢，這次真的又給你添了麻煩。託你的福，本系列也接近尾聲，但願今後也能得到你的協助。

然後，在最後——讓我為拿起這本書的你獻上一筆入魂的感謝，作為本集的結束。

OBSTACLE Series

激戰的魔女之夜 1~4（完）

作者：川上稔　插畫：さとやす(TENKY)　協力：劍康之

Kadokawa Fantastic Novels

鬼才作家川上稔的魔法少女傳說
魔女之夜最終決戰完結篇登場！

各務・鏡與堀之內・滿搭檔接連戰勝諸位勁敵，達到召喚地神構裝的境界，終於贏得「黑魔女」挑戰權。然而就在決戰前夕，居然發生了意想不到的事——！作者川上稔為您獻上精彩第4集完結篇！與漫畫版不同的劇情編排，將再次刷新你的感官！

各 NT$260~280/HK$78~85

Kadokawa Light Novels

台灣角川

國家圖書館出版品預行編目資料

發條精靈戰記 ： 天鏡的極北之星 / 宇野朴人作 ；
K.K.譯. -- 初版. -- 臺北市 : 臺灣角川, 2018.06-
冊 ； 公分
譯自 : ねじ巻き精霊戦記 天鏡のアルデラミン
ISBN 978-957-564-236-5(第12冊 : 平裝)

861.57 107005863

Kadokawa
Fantastic
Novels

發條精靈戰記
天鏡的極北之星 12
（原著名：ねじ巻き精霊戦記 天鏡のアルデラミン XII）

2018年6月21日 初版第1刷發行

作　　者：宇野朴人
插　　畫：竜徹
角色原案：さんば挿
日版設計：AFTERGLOW
譯　　者：K.K.

發 行 人：成田聖
總　　監：黃珮君
總 編 輯：蔡佩芬
編　　輯：黎夢萍
美術設計：胡芳銘
印　　務：李明修（主任）、黎宇凡、潘尚琪

發 行 所：台灣角川股份有限公司
地　　址：105台北市光復北路11巷44號5樓
電　　話：（02）2747-2433
傳　　真：（02）2747-2558
網　　址：http://www.kadokawa.com.tw
劃撥帳戶：台灣角川股份有限公司
劃撥帳號：19487412
法律顧問：寰瀛法律事務所
製　　版：巨茂科技印刷有限公司
ＩＳＢＮ：978-957-564-236-5
香港代理：香港角川有限公司
地　　址：香港新界葵涌興芳路223號
　　　　　新都會廣場第2座17樓 1701-02A室
電　　話：（852）3653-2888

Alderamin on the Sky 12